KB113965

홍경래 —조선 후기 민중반란군의 지도자

서연비람은 조선 시대 왕궁 내, 강론의 자리였던 서연(書筵)에서 강관(講官)이 왕세자에게 가르치던 경전의 요지를 수집하여 기록한 책(비람備覽)을 말합니다. 서연비람 출판사는 민주주의 국가의 주인인 시민들 역시 지속 가능한 과거와 현재, 미래의 이치를 깨우치고 체현해야 한다는 믿음으로 엄선한 도서를 발간합니다.

역사와 문학 비람북스 인물 시리즈

홍경래-조선 후기 민중반란군의 지도자

초판 1쇄 2023년 2월 15일
지은이 최학
편집주간 김종성
편집장 이상기
펴낸이 윤진성
펴낸곳 서연비람
등록 2016년 6월 29일 제 2016-000147호
주소 서울특별시 강남구 남부순환로 2909, 201-2호
전자주소 birambooks@daum.net

ISBN 979-11-89171-48-3 44810
ISBN 979-11-89171-26-1 (세트)

값 9,800원

역사와 문학

비람북스 인물시리즈

홍경래

조선 후기 민중반란군의 지도자

최학 역사소설

서연비람

차례

머리말

홍경래의 일대기에 큰 흥미를 갖고 이를 처음 소설로 꾸며 본 일도 어느새 마흔 해를 넘겼다. 80년대 초 모 일간지에 한 해 넘게 연재되었던 『서북풍』이 그것이었다.

그 후 오랜 기간 그를 잊고 있다가 이렇게 다시금 그를 불러내어 새롭게 숨결을 넣어주고 옷차림새까지 챙겨주는 일은 퍽 설레고 유쾌하다.

얼마 전까지만 해도 우리나라 역사학계에서는 근대화 시기를 어느 때부터로 하느냐는 문제를 두고 많은 논쟁이 있었다. 당시의 주장 중 하나가 조선 철종 시기 즉 '홍경래 난' 이후로 보자는 것이었는데 나도 이에 공감하는 바가 컸다. 그만큼 홍경래 난은 여타의 민란과 다른 성격을 가지면서 전통 봉건사회에 깊은 파문을 던졌던 것이다.

비록 실패로 돌아가긴 했지만, 홍경래의 반란은 장기간의 준비, 체계적인 지휘 체제, 다양한 구성원, 분명한 목적의식 등이 있었다는 점에서 충동적으로 발발한 여느 민란과는 차별성을 지닌다. 이 거대한 동력의 중심에 역사의 인물 홍경래가 있었다.

  홍경래는 일찌감치 새로운 세상을 만들겠다는 큰 꿈을
가졌으며 그 꿈을 실현코자 갖은 노력을 다했던 인물이다.
그는 좌절과 실패를 두려워하지 않았다. 때문에 짧은 그의
생애에도 불구하고 그가 가꾸었던 꿈과 투지는 길이 후대
에 전해지고 있는 것이다.

2022년 2월 25일
최 학

1. 꿈꾸는 다복동

"우아—우아"

"우아—"

몰이꾼의 함성으로 청룡산[1]이 쩌렁쩌렁 울었다. 오정이 조금 지난 시각이었다. 연이어 두 번의 총성이 골짜기를 울렸다. 미친 듯 개들이 짖어댔다. 풀려난 사냥개들이 일제히 숲을 내달리는 모양이었다. 아연 청룡산 하나가 전장에 빠진 듯했다.

다복동[2] 광산에서 일하는 광꾼[3]들은 넋 놓고 산허리께를 쳐다보았다.

"산 전체를 들쑤셔 놓을 작정이구면."

천오장이 홍 총각에게 다가서며 말했다.

"사또 아우님 산행인데 저 정도 위세는 부려야지."

---

1 청룡산(靑龍山): 평안북도 박천(옛 가산군)에 있는 산.
2 다복동(多福洞): 평안북도 청룡산 기슭의 산골 마을.
3 광꾼: 광업에 종사하는 사람을 낮잡아 이르는 말.

총각이 가늘게 웃었다.

놀란 꿩 두 마리가 퍼드덕, 덤불에서 날아올랐다. 금빛 날개가 햇빛에 빛났다.

"떴어!"

"매를 놔야지."

활터4에 나와 있던 광꾼들이 저마다 탄성을 질렀다. 그 순간 까만 점 하나가 창공으로 치솟아 올랐다. 뒤이어 매 주인의 고함이 산을 울렸다.

"매 봐주시오ㅡ"

공중으로 솟아올랐던 매가 꿩을 본 모양이었다. 쏜살같이 아래로 떨어져 내렸다. 어김없는 꿩 길이었다. 매가 꿩을 물어 챘다. 두 마리 날짐승이 한 덩이가 되어 떨어졌다. 활터에서 머잖은 지점이었다. 광꾼들이 고함을 지르며 숲으로 달렸다. 홍 총각, 천오장도 그들을 뒤쫓았다.

바위벽 아래쪽에서 방울 소리가 났다.

"저쪽이다!"

천오장이 먼저 덤불을 뛰어넘었다.

---

4 활터: 활쏘기를 하는 곳. 사장(射場).

한 발로 큼직한 장끼의 머리를 짓누르고 다른 한 발로 나뭇등걸을 붙잡은 채 숨을 할딱이는 수진이가 보였다. 한 살 안 된 새끼 매가 보라매이고 야생으로 산에서 묵은 매가 산진이다. 그에 반해 사람이 키운 매가 수진이다. 따로 꿩 잘 잡는 매를 해동청 별보라매라고 부른다. 보라매는 등의 털이 참새빛깔이고 가슴털에 버들 무늬가 새겨져 있지만 산진이, 수진이는 등 털이 산비둘기 빛이고 얼룩무늬가 앞 털에 있다.

천오장이 매를 덮쳐 날래게 꿩을 가로챘다. 이어 꿩의 날개를 쥔 채 몸통을 두 무릎 사이에 끼웠다. 오장의 얼굴을 쳐다본 수진이 펄쩍 무릎 위로 뛰어올랐다. 길이 잘 든 녀석이었다.

"먹어, 녀석아."

오장이 꿩 머리를 밀어주기도 전에 매가 꿩의 눈을 쪼았다. 뒤이어 머리를 뜯었다.

"많이 굶은 놈이네."

오장이 홍 총각을 쳐다보며 웃었다.

"배부른 놈이 꿩 잡을 마음이 있겠어?"

총각이 벼랑 위를 쳐다봤다. 매 주인이나 몰이꾼이 나타날 때가 됐다. 매사냥에서는 누구든 매를 좇는 게 예사다. 송아지 값쯤 되는 비싼 매를 잃어버리면 안 되기 때문이다. 한꺼번에 많은 꿩이 치솟아 오른다든가 역풍이라도 만나면 길이 잘 들여진 매라도 잃어버리기 쉽다. 이때부터는 꿩 사냥이 아니라 매사냥이 시작된다. 방울 소리를 들으려 밤중에도 이 산 저 산에 올라 귀를 기울이고, 사람을 풀어 근처 동리마다 수소문해야 하는 것이다. 이틀 사흘간 헤매도 매를 찾지 못하면 잃은 거나 다름없다. '바람맞았다'는 말도 여기서 유래됐다. 역풍 한 줄기 때문에 꿩도 매도 못 잡았기 때문이다. 그래서 봉주5가 산마루에서 매를 띄워 올리며 '매 봐주시오—' 외칠 때는 혼인식에 가던 새색시도 이마에 손을 얹고 매를 좇는다고 하였다. 매와 꿩을 가장 먼저 찾은 이가 꿩을 채는 것도 당연한 일. 자칫하면 잡은 꿩을 매가 다 먹어 치워 버린다. 배부른 매는 며칠간 사냥에도 쓸 수 없다.

사냥개 소리가 가까워졌다. 몰이꾼들도 방향을 바로잡은 듯했다. 꿩 머리를 쪼면서도 매는 아직 거친 숨을 가라앉히지 못했다. 천오장을 둘러싼 광꾼들도 신기한 구경에 빠져 있었다.

---

5 봉주: 매 주인

총을 든 서울 한량 둘이 맨 먼저 당도했다. 총각이 그들에게 길을 틔워주었다.

"웬 자들이 이리 많으냐?"

바로 하댓말이었다.

"여기 다복동 광꾼들이옵니다."

홍 총각이 공손히 대꾸했다. 뒤이어 몰이꾼 넷이 사냥개를 따라왔다. 모두 가산에서 이름난 몰이꾼들이었다. 오장이 몰이꾼에게 손을 내밀자 그중 하나가 품에서 단검을 뽑아 건네주었다. 오장이 익숙한 솜씨로 피 흘리는 꿩 머리를 잘랐다. 매가 보지 못하게 꿩의 몸통을 다리 사이로 떨어뜨렸다. 몰이꾼이 얼른 망태기에 꿩을 담았다. 그즈음에야 사냥의 주인인 정질이 숨을 헐떡이며 뛰어왔다. 총각과 광꾼들이 일제히 허리를 숙였다. 스물여덟 살의 그는 가산6 군수 정시7의 친동생으로 지난해 부임하는 형을 따라 가산에 내려왔다. 술과 사냥을 즐기는 그는 욕심이 많고 난폭하여 가는 곳마다 말썽을 일으켰지만, 누구 하나 그를 말리지 못

6 가산(嘉山): 평안북도 박천 지역의 옛 지명.
7 정시(鄭蓍, 1768년~1811년): 조선 후기의 무신으로, 가산 군수(嘉山郡守)로 부임했다가 홍경래 군에게 붙들려 죽었다.

했다. 그자가 다복동에 매사냥을 나왔다는 것은 분명 다른 숨은 뜻이 있었다. 금을 캔다면서 다복동 원수봉 아래에 금점을 내고 사람들을 모을 때부터 큰 의심을 가진 자가 바로 가산 군수 정시였다. 광산에 사람이 모여드는 진짜 이유는 난리를 일으키기 위해서다, 라는 소문은 진즉부터 청천강 이북에 널리 퍼져 있었다.

"다복동 사람들이냐?"

정질이 가쁜 숨을 내쉬며 화난 듯이 물었다.

"그러하옵니다."

홍 총각이 다시 허리를 숙였다.

"날 알아보는구나. 꿩도 너희가 거두었고?"

그가 성큼 오장에게 다가가 뺏다시피 매를 받았다.

"예서 금점까지는 얼마나 되느냐?"

오장한테서 시선을 뗀 그가 총각에게 물었다. 총각이 다시 허리를 숙였다.

"지척이옵니다. 예까지 오셨으니 잠시 저희 금점8에 들리셔서 쉬어 주시지요."

---

8 금점(金店): 황금을 파내는 곳. 금광.

뜻 모를 미소를 띤 정질이 몰이꾼 쪽으로 돌아섰다.

"오늘 수고가 컸다. 한 마리 잡았으니 예서 점심을 하고 떠나기 전 한 차례 더 하자."

금점에 간다는 뜻을 그는 그렇게 표했다.

광꾼과 몰이꾼들이 한데 어우러져 숲을 나왔다.

금점 활터를 지날 무렵이었다. 주위를 유심히 둘러본 정질이 비아냥거리듯 물었다.

"금점에 웬 활터야!?"

홍 총각이 또 얼른 나섰다.

"광꾼이 놀려고 만든 것이 아닙니다. 화전놀이, 천렵하러 오시는 고을 어르신들을 모신다고 마련한 것뿐입니다. 전임 사또께서도 자주 오시곤 하셨지요."

"이건 뭐 하는 것이냐?"

이번엔 수차9를 가리켰다.

"물을 끌어 올리는 것입니다."

"물을 올려서는?"

"부곽으로 흘려보냅니다."

---

9 수차(水車): ① 물레방아. ② 무자위.

"참, 홍 지관은 왜 여태 얼굴을 보이지 않느냐?"

비로소 정질이 홍경래를 지목했다. 예측한 것처럼 매사냥은 핑계에 지나지 않았다. 의심 많은 그가 사또 형을 대신해서 다복동 금점의 실상을 파악하러 온 것임이 분명했다.

"계시옵니다만 몸에 열이 있어서 출입을 삼가실 따름입니다."

당황 않고 총각이 사정을 설명했다.

"가서 일러라. 상것들만 내보내지 말고 웬만하면 나오시어 수인사나 나누자고. 지관이 천하 명궁10이란 소문도 익히 들었다고 전하게."

정질이 빳빳이 고개를 쳐든 채 활터의 정자에 오르는 것을 보고 총각이 홍경래의 처소로 뛰어갔다.

"나더러 나오라지?"

예측했다는 듯이 의관을 갖추며 경래가 물었다.

"무슨 꿍꿍이속일까요?"

곁에 있던 우군칙이 홍경래를 쳐다봤다.

---

10 명궁(名弓): ① '명궁수(名弓手)'의 준말. ② 유명한 활. 또는 좋은 활.

"꿩고기 나눠 먹자는 소리밖에 더 하겠습니까?"

"돈은 여기 총각에게 맡기겠습니다. 넉넉히 찔러주도록 하지요."

"냉면도 한 상 차리지요."

경래가 군칙을 마주 보며 유쾌하게 웃었다.

무슨 속셈인지 정질도 홍경래에게는 깍듯이 예를 차렸다.

"편찮으시다더니 좀 어떠신지요? 고명하신 존함 익히 들었습니다. 불시에 찾아들어 예가 아닌 줄 아오나 깊이 허물치 말아 주십시오."

냉면과 술상이 따로 나왔다. 경래는 술을 들지 않았고 정질과 그 패거리들만 입술을 축였다. 그 사이 정질이 묫자리를 찾는 법, 사람의 관상을 보는 법 등에 대한 얘기를 띄엄띄엄 늘어놓았고 홍경래가 그에 대해 가볍게 대꾸했다.

"여기 다복동 금점 자리도 홍 지관께서 정하셨다지요? 문외한이 봐도 천하명당 같습니다. 금을 못 찾는다 해도 얼마든지 천 명의 군사는 키울 수 있을 것 같군요."

정질이 곧바로 정곡을 찔러왔지만, 경래는 전혀 당황하지 않았다.

"금맥11만 찾으면 됐지, 병졸은 키워서 뭐 하겠습니까?"

"소문 듣자 하니 굶주린 장정들은 다복동이 다 받아들인 다지요? 먹을 거 입을 거를 주고 돈까지 푼다고요? 나라 임금님도 못 하는 일을 다복동에서 다 해 버리면 관아 수장12 들이야 어디 체면이 서겠습니까?"

말은 부드럽지만, 비아냥은 더욱 심해졌다.

"큰돈을 벌려면 적은 돈이야 아낌없이 써야 하는 게 상업의 도리 아니겠습니까. 광산을 이만큼 이룬 것도 다 사또 나으리 덕분이지요."

경래가 다시 가볍게 받아넘겼다. 금을 캐겠다고 금점을 여는 일은 임금의 허락 없이는 가능하지 않았다. 그렇지만 평안도 곳곳에서는 나라의 허가를 받지 않고 몰래 금이며 은을 캐는 잠채13가 성했는데 이는 다 지방 수령들이 뒷돈을 챙기고 눈을 감아주기 때문에 가능한 일이었다. 가산 군수 정시도 예외가 아니었다. 홍경래와 의형제를 맺은 이희저, 우군칙 등이 찔러준 돈을 받아먹고는 다복동 금점을 묵

---

11 금맥(金脈): [광] 금줄.
12 수장(首長): 집단이나 단체를 지배·통솔하는 사람. 우두머리.
13 잠채(潛採): 광물을 몰래 캠.

인해 주었는데 군수의 동생인 정질이 그 사실을 모를 리 없었다.

"사또 칭송은 여기 와서 처음 듣습니다, 그려."

정질이 재미난다는 듯 큭큭 웃었다.

"아까 오다가 활터를 봤습니다. 썩 잘 꾸며져 있더군요. 소문만 들은 지관 어른의 솜씨를 구경하고 싶은데 어떨지요?"

웃음 끝에 그가 활터 얘기를 꺼냈다.

"마음 같아서는 당장에라도 시위를 당겨보고 싶습니다만 며칠 누운 탓에 팔 힘이 남아 있을지 모르겠습니다."

홍경래도 딱 부러지게 거절은 하지 않았다. 정질이 두 번세 번 청하자 경래가 어쩔 수 없다는 듯 몸을 일으켰다. 홍총각이 벌써 활과 살을 준비해 두고 있었다. 음식상을 물리고 무리 지어 활터로 걸음을 옮겼다.

"한양 낙산에서 몇 차례 당겨보긴 했는데 평안도에 와서는 도무지 기를 펴지 못하겠습디다. 활을 든 자 저마다 명궁이라서 말입니다."

정질이 먼저 화살을 고르며 짐짓 겸손의 빛을 보였다. 홍경래도 살을 골라 쥐었다.

"사실 평안도에 활 쏘는 이들이 많지요. 문과에 나서지 못하는 서도인14인지라 무과라도 붙어보겠다고 어릴 적부터 활을 가까이해서 그렇지요."

홍경래, 정질 두 사람이 각각 다섯 대씩 쏘기로 했다. 과녁은 오십 보 거리에 있었다. 바람이 세찼다. 경래는 으스스한 한기를 느꼈다. 오랜만에 잡아보는 활인데 별다른 감흥이 없었다. 사또의 아우라고 세상 무서운 줄 모르고 기세를 부리는 애송이와 솜씨를 겨눈다고 과녁을 노리는 처지가 씁쓸하기만 했다.

첫 번째 화살은 경래가 먼저 날렸다. 과녁이 바로 눈앞에 다가선 듯 선명히 보였다. 숨을 끊고 시위를 놓았다. 살이 바람을 가르며 날았다. 과녁 뒤에 섰던 천오장이 깃발을 휘둘렀다. 명중이었다. 차례가 된 정가가 빙그레 웃으며 시위에 살을 끼웠다. 정가도 예사 솜씨는 아니었다. 첫 번째 두 번째 화살이 정확히 과녁의 한가운데 꽂혔다. 그럴 때마다 그를 따라온 한량과 몰이꾼들이 환호를 질렀다.

세 번째 사대15에 섰을 때 홍경래는 처음으로 둑 아래 모인 광꾼들의 얼굴을 보았다. 호기심과 기대감에 가득 찬 그

---

14 서도인(西道人): 평안도 사람.
15 사대(射臺): 활을 쏘기 위해 서는 자리.

들의 검은 얼굴을 보았다. 그들 모두가 한마음으로 자신을 응원하며 정가의 코를 납작하게 해 줄 것을 바라고 있음을 알았다. 고개를 돌렸다. 과녁 뒤로 숨는 천오장의 모습도 봤다. 시위를 놓았다. 눈을 감았지만, 화살은 과녁을 넘어 뒤편 언덕에 꽂혔음을 알 수 있었다. 광꾼들의 탄식 소리가 들렸다. 제 차례라며 사대에 오르는 정가의 웃는 얼굴을 보았다.

"아쉽네요. 팔이 조금 떨리시더군요."

비웃음 혹은 기쁨의 웃음 같았다.

"늘 이 모양입니다."

홍경래가 고개를 숙은 채 사대에서 물러났다. 이후 두 번을 더 쐈지만, 경래는 그중 하나밖에 명중시키질 못했다. 다른 하나는 겨우 과녁 가장자리에 꽂혔다. 정질은 나머지 화살마저 모두 과녁 중앙에 꽂았다. 간단히 승패가 갈렸다.

"정공의 재주엔 당할 도리가 없군요."

홍경래가 정중하게 패배를 인정했다.

"운이 좋았지 뭡니까. 홍 지관께선 몸이 무거워 제대로 힘을 쓰지 못하셨지요."

정질도 점잖게 대꾸했다.

광꾼들이 어깨를 떨군 채 흩어졌다.

"이제 우리도 가봐야겠습니다. 너무 오래 폐를 끼쳤지요.

오늘 좋은 말씀 많이 들었습니다. 본 대로 느낀 대로 형님께 아뢰리다."

정가가 말고삐를 잡으며 떠날 채비를 했다.

"나으리."

홍 총각이 언덕을 내려서는 경래를 불렀다.

"잘하셨습니다."

그가 얼굴을 붉히며 말했다.

"뭘 말이냐?"

의외란 듯 홍경래가 물었다.

"일부러 빗 쏘신 것 말입니다. 그러지 않고서야 놈들이 저리 쉽게 떠나겠습니까."

"네놈은 내가 일부러 화살을 아무 데나 쐈다고 여긴단 말이지?"

"저야 나으리 솜씨를 잘 알고 있잖습니까."

"그렇게 봐주니 고맙군, 허허"

경래가 웃었다. 이내 정색을 한 홍경래가 홍 총각, 천오장 두 사람을 불러 세웠다.

"둘은 내 말을 잘 듣도록 해라. 내일 날 밝는 대로 먼 길다녀와야겠다. 총각 자네는 가산, 곽산(郭山)으로 가서 이희저(李禧著), 김창시(金昌始) 어른을 만나고 오장 너는 태천(泰

川)으로 가서 김사용(金士用) 어른을 뵙도록 한다."

엄중한 명령임을 알고 둘은 자세를 고쳤다.

"전하실 말씀이 뭔지요?"

홍 총각이 물었고 경래도 벌써 생각을 정리한 듯 빠르게 대꾸했다.

"오늘이 열나흘(14일)이지? 그래, 모레 해질 때까지는 다 복동으로 오셔야 한다고 전해라. 너희가 직접 뫼시고 오면 더 좋겠구나."

"혹시 거사 날짜를 당기려 하시는지요? 정질 저놈 때문에...?"

총각이 조심스레 물었는데 음성이 떨렸다.

"아무래도 그래야 할 것 같다."

홍경래가 무겁게 고개를 끄덕였다.

당초 계획대로라면 봉기군이 무기를 들고 떨쳐 일어나는 것은 내년 설 지나서였다. 무리 중 일부가 평양의 대동관을 폭파하는 것을 신호로 해서 다복동의 군사가 가산, 박천을 점령하고 이어 청천강을 건너 안주로 쳐들어가 병영16을

---

16 병영(兵營): 군대가 집단으로 거처하는 집. 병사(兵舍). 병마절도사가 있던 영문.

점거하며 평양, 개성, 서울로 진격하는 것이었다.

그런데 운산 촛대봉에 차렸던 금점을 다복동 원수봉으로 옮기고 이곳에 광꾼들이 몰려들면서부터 무엇보다 거사의 비밀을 유지하는 일이 어렵게 되었다. 세상에 불만 많은 양반네와 상것들이 광산으로 모여드는가 하면 광꾼들이 금 캐는 일을 뒷전에 돌리고 활쏘기, 창검 쓰기에 열을 올린다는 소문이 퍼지면서 인근 고을의 수령, 아전들이 신경을 곤두세웠기 때문이었다.

그중에서도 특히 가산 군수 정시, 선천 부사 김익순, 곽산군수 이영식 등의 감시가 예사롭지 않았다. 물론 이들 관아에도 군교, 아전, 집사, 통인들 가운데 여러 사람이 이미 다복동과 내통하고 있어서 수령들의 일거수일투족을 매일같이 다복동으로 알려왔기에 당장의 위험은 없지만 그렇다고 계획대로 거사를 진행할 수만은 없었다.

가산 군수 정시는 특히 악랄하게 세금을 거둬들이고 공사를 많이 벌려서 백성들로부터 불만을 많이 샀다. 홍경래와 함께 거사를 꾸미는 데 앞장선 이희저의 뒤를 캐며 그로부터 돈을 받아내는데 크게 재미를 붙인 듯했다. 중국을 오가는 사신을 따라다니는 역졸 출신의 이희저는 사신들 몰래 하는 무역을 통해 큰돈을 벌었다. 다복동에 광산을 세우고 인부들을 끌어모으는 자금 대부분도 이희저의 주머니에서 나왔다. 그런 이희저를 군수 정시가 꼼짝 못 하게 옥죄고 있으니 봉기군의 거사 계획도 차질을 빚을 수밖에 없었다.

선천 부사 김익순은 벌써 군교 최영길을 감옥에 잡아넣었다. 최영길은 봉기군에서 홍경래 다음 자리를 차지하는 우군칙의 사람이었다. 우군칙을 통해 뭔가 큰일을 꾸민다는 사실은 알았지만, 자세한 내용을 알지 못했기에 심한 고문을 당하면서도 실토할 것이 별로 없었다.

곽산의 아전 배중손이 체포되었다는 소식을 접한 것은 그저께 일이었다. 배중손도 우군칙의 사람으로 그동안 곽산에서 일어나는 일은 하나 빠짐없이 다복동에 알려온 인물이었다.

이렇듯 봉기에 대한 소문이 평안도 각지에 퍼져나가고 봉기군 인사들이 여기저기서 체포되는 가운데 가산 군수 정시의 아우 정질이 직접 다복동을 훑어보고 돌아간 것이다. 그가 형 정시한테 어떤 보고를 할지는 아무노 모르는 일이었다. 내일 당장 관아 병졸들이 다복동으로 쳐들어오지 않는다는 보장이 없었다.

"하루라도 빨리 거사를 일으킨다면 더 바랄 것이 없습니다!"

"가산에 쳐들어가면 정시, 정질 형제 놈은 제가 먼저 때려잡겠습니다."

홍 총각, 천오장이 갑자기 기운이 치솟는다는 듯이 두 주먹을 불끈 쥐었다.

홍 총각, 그는 예전에 태천 선비 김사용의 집에서 논밭일을 하던 젊은이였다. 본래의 성명이 홍봉의이지만 마을 사람들이 아무렇게나 '총각'이라고 부르는 바람에 그것이 본 이름처럼 돼 버렸다. 양반 출신은 아니지만 천한 신분도 아니었다. 상민이었다. 어릴 때부터 남달리 몸집이 크고 힘이 셀뿐만 아니라 머리까지 총명해서 김사용의 눈에도 쉽게 뜨였다. 과거시험에 실패한 뒤, 고향 태천에서 지관 노릇이나 하고 있던 김사용이 그 아이에게 글과 무예를 가르쳤다. 선비이면서도 김사용은 평안도 남자가 대개 그렇듯이 칼 쓰기, 활쏘기 솜씨가 빼어났는데 총각은 하나를 배우면 두 개를 깨쳐서 스승인 김사용을 기쁘게 했다.

6년 전, 우군칙을 통해 처음 홍경래를 만난 김사용은 경래의 비범함을 한눈에 알아보곤 경래와 뜻을 함께하기로 결심했다. 그 자리에는 홍 총각도 있었다. 총각의 힘과 재주를 알게 된 홍경래는 3년 동안 자신이 직접 데리고 다녔으며 거사 계획이 어느 정도 무르익었을 때는 그를 바닷가 마을인 선사포에 머물게 하였다. 선사포에서도 가장 큰 대장간을 사들여 그에게 맡겼던 것이다. 선사포는 평안도의 큰 도시 선천과 정주의 입구가 되는 항구였다. 서해의 연안을 오가는 배들은 모두 선사포를 들렀다. 따라서 필요한 물품을 조달하는 데 있어서 선사포처럼 편리한 곳이 없었다. 거기서 홍 총각은 홍경래가 주문한 물건들을 사들였으며, 대장간에서는 거사 때 사용할 무기들을 몰래 만들었다. 천오장도 그 대장간에서 일하던 일꾼이었다. 천오장은 천민 출신으로 총각과 나이가 같았다. 천오장은 총각한테서 검술과 창술, 활쏘기와 말타기를 배웠다.

두 사람이 선사포를 떠나 다복동으로 들어온 것이 올봄이었다. 이미 홍 총각은 봉기군의 선두를 이끌 장수로 정해져 있었으며, 천오장은 홍경래의 가장 가까운 데서 홍경래를 지키는 호위대장의 임무를 맡았다. 둘 다 올해 나이가 스물일곱이었다.

청천강은 평안도 한 가운데를 가로질러 흐른다. 길이가 5백 리 넘는 이 강은 박천, 안주 사이를 지나 서해로 흘러

드는데 바다로 들기 직전 또 하나의 강을 만난다. 이 강이 대령강이다. 삭주, 창성에서 시작하여 구성. 영변, 박천, 가산을 거치는 강의 길이는 4백 리를 넘는다. 박천과 가산이 대령강을 두고 남북으로 나눠진다. 따라서 서해에서 강을 거슬러 오르면 오른편이 박천이요 왼편이 가산이다.

강 하구에서 50여 리 떨어진 강가에는 박천 제일의 나루터인 '나루머리[津頭]'가 있다. 서울에서 중국에 가는 사신이며 상인들도 청천강을 건넌 다음에는 반드시 이곳에서 배를 타고 대령강을 건너야 했다. 강을 건너서 첫 번째 닿는 고을이 가산이며 그다음이 정주다. 정주를 지나면 곽산과 선천에 차례로 이르게 된다. 선천 다음이 철산, 용천이요 용천을 지나면 머잖아 조선 땅의 끝자리에 있는 의주 고을이다. 의주에서 압록강을 건너면 중국 땅이다.

다복동으로 들어가는 길목인 뱃새나루는 나루머리에서 강 상류 쪽으로 10여 리를 더 올라간 곳에 있다. 강의 북쪽 기슭이니 이곳은 가산 땅에 속한다. 이곳에 큼직한 섬 하나가 있으니 이름이 섶섬이다. 섶섬과 다복동 사이에는 샛강이 흐른다. 이곳 샛강에 있는 나루터가 뱃새나루인 것이다. 이곳에서 북쪽을 바라보면 산들이 분지 하나를 가운데 두고 빙 둘러서 있으며 강이 있는 동남쪽만 트여있다. 오른편에 오도카니 선 산봉우리가 원수봉이고 왼편의 큰 산이 청룡산이다.

홍경래가 이끄는 봉기군의 본거지가 바로 이 원수봉 아래에 있었다. 산기슭 여기저기 굴을 뚫어 금 캐는 광산의 흉내를 냈지만, 이는 눈속임이요 실제로는 봉기군의 집결지며 군사 훈련장이었다. 광꾼으로 위장한 군사들은 이곳저곳에 흩어진 초가에서 단체로 숙식하면서 맡은 바 일을 했다. 강으로 실려 온 곡식을 옮겨 굴속에 숨기는 일부터 임시로 만든 대장간에서 칼과 창을 만드는 일까지 모두 광꾼들의 몫이었다.

운산 촛대봉에 있던 금점을 다복동으로 옮기기 시작한 것은 3년 전(1807년)부터였다. 촛대봉 광꾼 20여 명이 먼저 와서 광산을 파고 인부들이 묵을 움집들을 만들었다. 지지부진하던 광산 공사는 재작년(1809년) 여름 50명이 넘는 외지인들이 들어오면서부터 활기를 띠기 시작했다. 원수봉 아래 황무지를 개간하여 논밭을 만들고 개울물을 막아 수차를 세우고 금싸라기를 찾아내는 부곽까지 만들면서 차츰 금점의 모습을 갖추어 갔던 것이다.

홍경래와 우군칙이 이곳 다복동을 봉기군의 본거지로 정한 데는 특별한 이유가 있었다. 군사들을 숨기기 좋다는 점

만은 아니었다. 대령강이 곁에 있어서 육지로 바다로 사람과 물자의 내왕이 편리하다는 이점 외에도 교통이 좋아서 안주, 평양으로 군사를 진군시키기 쉽다는 점이 가장 큰 이유였다. 군사가 내달리면 하루 안에 평양성을 점령할 수 있고 또 하루를 더 달리면 서울까지 다다를 수 있었다.

박천 나루머리와 가산을 잇는 큰길이 다복동에서 10리 거리밖에 되지 않지만, 그 사이를 강과 산이 막고 있어서 바깥사람들의 눈에 쉬 띄지 않았다. 박천 또한 남쪽으로 직선 10리에 불과했다. 뱃새나루에서 섶섬과 강만 건너면 박천이었다.

임금의 군사들이 많이 주둔하고 있는 안주병영은 남으로 50리 떨어져 있다. 그 가운데는 대령강, 청천강이 놓여있다. 정시가 군수로 있는 서쪽의 가산 관아까지는 30리 거리인데 그 사이에는 청룡산이 있어서 자연 성벽 역할을 해준다. 북쪽은 황토산, 응봉산이 가로막고 있으며 그 너머가 태천 고을이다. 뱃새나루에서 나룻배를 이용하면 하루에도 예닐곱 번 나루머리를 다녀올 수 있으며 대령강을 타 내려가 바닷길을 이용하면 곧바로 대동강, 예성강은 물론 한강과도 손쉽게 연결되었다.

단숨에 서울을 뒤엎어서 허수아비 같은 임금을 갈아치우

고 새 세상을 여는 것이 오래전부터 홍경래가 품어온 꿈이었다. 백성을 짓밟으면서 제 욕심만 채우는 세도 대신들은 물론 지방 수령들까지 모조리 내쫓고 백성을 하늘로 우러러볼 줄 아는 새 왕조를 여는 것이 그의 크나큰 계획이었다. 그러기 위해선 꿈을 같이 할 동지와 군사들이 필요했으며 그들이 마음 놓고 활동할 터전이 있어야 했는데 그곳이 바로 다복동이었다.

때는 조선 말기, 순조[17] 임금 시대였다. 정조 임금이 세상을 떠난 후 열한 살 어린 나이에 임금이 된 순조였기만 처음 몇 년간은 할머니 정순왕후가 정치를 대신했다. 김조순의 딸을 왕후로 맞아들인 뒤부터는 김조순의 집안인 안동 김씨들이 권력을 독차지하였다. 이른바 안동 김씨 세도 정치의 시작이었다. 이로써 왕의 권력은 급격히 약화되었으며 정권을 차지한 노론 세도가들이 정치를 자기들 마음대로 갖고 놀았다. 이들은 돈을 받고 관직 팔기를 예사로 했으며 나라의 근본이 되는 백성들의 세금마저 자기들 멋대로 주물렀다. 특히 농촌 세금 관리의 혼란에서 오는 피해

---

17 순조(純祖): 조선 23대 왕. 재위 1800년~1834년.

와 고통은 고스란히 농민들이 감당할 수밖에 없었다. 게다가 뇌물을 바치고 벼슬을 산 지방의 관리들은 수단과 방법을 가리지 않고 농민들을 윽박질러 재산을 뺏어갔다. 그들은 백성들을 지키고 돌보는 관리들이 아니라 '큰 도적과 굶주린 솔개'와 다를 바 없었다.

또 세도가들이 중앙의 주요 벼슬자리를 독차지함으로써, 지방 선비들이 중앙 관직으로 진출하는 길이 막혀버렸다. 지방에서 장사를 시작한 상공업자들도 세도가들이 보호하는 중앙의 상인들에게 밀리면서 경제활동을 억압받게 되었다.

상황이 이렇다 보니 전국 각지에서 백성들의 불만이 터져 나올 수밖에 없었다. 그중에서도 평안도 사람들의 불평불만이 드높아 이미 폭발 직전에 이르러 있었다. 이들은 관리들한테 억울하게 두들겨맞고 재산을 빼앗기는 것만이 문제가 아니었다. 무엇보다 견딜 수 없는 것이 대대로 이어져오는 지방차별이었다. 법으로 정해져 있지는 않았지만 조선 왕국이 생긴 때부터 조정에서는 평안도 사람들을 크게 쓰지 않았다. 과거시험은 치르게 하면서도 큰 벼슬을 내리는 경우가 없었다. "조선왕조 개국 이래 서북인 가운데 높은 벼슬을 한 사람이 아무도 없다."는 말이 그래서 나왔으며 "서울의 잘 사는 사람들은 서북인과 절대 혼인 관계를 맺지 않는다."라는 말도 세간에 널리 퍼져 있었다.

평안도 사람들이 괄시받아야 할 아무런 이유가 없었다. 굳이 까닭을 찾는다면 평안도는 왕건이 세운 고려왕조의 터전이었다. 그에 반해 태조 이성계가 세운 조선왕조는 고려를 무너뜨리고 일어난 나라였다. 조선 건국을 합리화하려면 고려를 썩어 문드러진 나쁜 나라로 규정해야만 했다. 그렇다고 해서 평안도 사람 전체를 싸잡아 고려를 섬기던 사람이니까 새 나라에선 쓰지 않겠다고 하는 것이 말이 되는가.

경기도, 충청도 사람들처럼 평안도 사람들도 나라에 바칠 세금은 다 바쳤다. 성을 쌓고 강을 파는 일에도 끌려가 갖은 고생을 다 했다. 임진왜란, 병자호란 두 전쟁을 겪을 때는 오가는 중국 군인들의 횡포 때문에 그리고 피난 가는 임금을 섬기느라 여느 지방 사람들보다 훨씬 더 큰 어려움을 겪었다. 그럼에도 불구하고 고맙다고 어루만져주기는커녕 서북인은 조정을 배반할 사람들이라며 무시하고 냉대만 하니 어찌 참을 수가 있겠는가.

평안도 차별의 쓰라린 경험을 몸소 겪은 이가 바로 홍경래였다. 그는 1771년 평안도 용강군 다미면에서 4형제의 셋째로 태어났다. 몰락한 양반 가문 출신으로 평민과 다를 바 없을 정도로 가난한 환경에서 자랐다. 외숙부 유학권한 테 글을 배웠다. 머리가 좋은 홍경래는 한 번 읽은 글은 절 대 잊지 않았으며 열심히 읽은 책은 통째로 줄줄 외어 주위 사람을 놀라게 했다.

스물여섯 되던 해(1797년), 평양의 과거시험에 당당히 합 격하였고 이듬해인 1798년에는 서울에서 치르는 과거시험 을 보기 위해 한양으로 올라갔다. 그러나 시험에서 홍경래 는 보기 좋게 떨어졌다. 실력이 문제 아니었다. 과거시험 자체가 이미 엉터리에 지나지 않았다. 시험도 치기 전에 이 미 합격자가 누구누구라는 말이 나돌았다. 막상 합격자 발 표를 보니 소문과 전혀 다르지 않았다. 세도가 대신들의 아 들 이름들만 줄줄이 명단에 들어있었다. 책도 읽을 줄 모르 는 그들을 위해 가난한 수재들이 대신 시험을 쳐주었으며 시험관들은 그들이 다른 사람의 시험지를 보고 베끼는 것 을 보고도 못 본 척했다.

합격자가 발표된 뒤 떨어진 선비들이 떼를 지어 항의했 지만 아무 소용이 없었다. 홍경래도 맥이 풀려 화조차 제대 로 내지 못했다. 쓸쓸한 마음으로 한양을 떠나왔다. 배를 타고 한강을 건널 적엔 과거시험을 보기 위해 두 번 다시 서울에 오는 일이 없다고 자신에게 맹세했다.

그 길로 전국을 떠돌았다. 고향에 돌아가 부모님을 뵐 면목이 없었다. 떠돌이 방랑 생활에서는 잠잘 수 있는 곳이 곧 제집이었다. 충청도를 거친 뒤에는 전라도 전역을 한 바퀴 돌았으며 섬진강을 건너 경상도에 들어가서는 진주, 김해, 밀양, 청도, 영천, 경주, 예천, 안동으로 거슬러 올랐다. 강원도를 남북으로 걸은 뒤 함경도 원산에 이르렀을 때는 벌써 2년 세월이 후딱 지나갔다. 원산에서 평양으로 건너와 청천강을 건너고 보니 또 일 년이 지났다. 물론 그동안 산천 구경만 한 것은 아니었다. 무엇보다 중요한 것은 가난한 백성들이 살아가는 모습을 제 눈으로 똑똑히 바라보면서 그들과 함께 굶주리고 그들과 더불어 아파했다는 점이었다.

임금과 그 임금을 섬긴다는 대신들이 도대체 어떤 정치를 폈기에 가는 곳마다 헐벗고 배고픈 백성들밖에 볼 수 없었다. 아이가 병에 걸려도 약 한 첩 구하지 못한 채 발만 동동 굴리는 부모들이었다.

홍경래가 배운 것은 그 밖에도 많았다. 조선의 곳곳에는 지혜로운 이들이 많았다. 약을 만들고 병을 고친다는 의원,

마음대로 몸을 바꾸는 둔갑술이며 하루에도 5백 리, 천 리 길을 가는 축지법을 하는 술사18, 부잣집 집터와 묫자리를 봐준다는 풍수19 등이 그들이었다. 인근에 용하다는 사람이 있으면 홍경래는 굳이 찾아가 가르침을 달라고 부탁했다. 그래서 의술, 도술, 창검술, 풍수 등을 닥치는 대로 배우고 익혔다. 홍경래한테는 더 이상 사서삼경 같은 경전 공부가 필요 없었다. 과거시험에도 나가지 못하는 마당에 공자, 맹자를 공부해서 무엇에 쓰겠는가 하는 마음뿐이었다.

그렇게 3년간 떠돌이 생활 끝에 다다른 곳이 가산 청룡산이었다. 청룡산 벼락바위 아래 엎드려 있는 작은 절이 청룡사였는데 거기서 우군칙을 처음 만났다.

"어찌 가산 쪽에서는 여태 소식이 없다더냐!?"

전에 없이 홍경래가 초조한 빛을 감추지 못했다.

"그러게 말입니다. 다른 일은 없어야 할 텐데..."

김창시도 어두운 낯빛이었다. 가산보다 더 먼 곽산에 있던 김창시도 한낮에 이미 다복동에 들어왔는데 가까운 가

---

18 술사(術士): 술가(術家). 음양·복서(卜筮)·점술(占術)에 정통한 사람. 술객.
19 풍수(風水): 지관(地官).

산의 이희저가 아직 얼굴을 보이지 않고 있었다. 그를 모시러 간 홍 총각도 마찬가지였다.

"별일이야 있겠습니까. 느긋이 기다려 보기로 하지요..."

태천에서 온 김사용이 분위기를 바꾸려 한마디 했다. 김사용과 함께 온 이제초가 그의 뒷자리에 버텨 앉아 있었다. 범처럼 생긴 얼굴에 바위 같은 몸집이었다. 개천이 고향인 그도 어릴 때부터 태천 선비 김사용한테서 글을 배웠다. 그러나 그는 아무래도 글을 읽는 것보다는 힘쓰는 일이 더 어울렸다. 열다섯 살에 산중에서 곰을 만나 맨손으로 때려잡았다는 이야기가 전설처럼 전해 왔다.

원수봉 동쪽 이희저 별장에는 여덟 명의 지휘부 인사와 참모들이 모여 있었다. 방문을 열면 대령강 물줄기가 훤히 내려다보였다.

이미 봉기군의 최고사령관으로 내정된 도원수 홍경래, 두 번째 사령관인 부원수로 정해진 김사용, 유비 현덕을 보좌하던 제갈공명처럼 군사[20]를 맡은 우군칙, 우군칙처럼 참모 역을 담당한 곽산 진사 김창시, 직접 군사를 이끌 두

---

20 군사(軍師): 주장(主將) 밑에서 군기(軍機)를 잡고 군사 작전을 짜던 사람.

장수 이제초와 운후검, 최고사령관을 호위하는 천오장, 서
울 연락책 유한순 등이었다.

　방 안 큰 상에는 저녁 식사와 함께 술도 차려졌지만, 술
잔에 손을 내미는 사람은 없었다. 며칠 사이에 가산 군수
정시가 이희저를 잡아들이기라도 했다면 그보다 큰 낭패는
없었다. 군사 활동에 꼭 필요한 물품 공급의 총책임을 이희
저가 맡고 있었기 때문이었다.

　"한순이 자넨 사나흘 여기 있다가 또 한양으로 가도록 하
게."

　홍경래 대신 우군칙이 유한순을 불러 새로운 지시를 내
렸다.

　"박 봉사21가 도와주기로 약속했으니 큰 어려움은 없을
걸세. 아무튼 서울 일의 성패는 자네한테 달렸으니 명심하
고 잘해야 하네. 각별히 몸조심하고..."

　"예, 엄한 분부 뼈에 새기도록 하겠습니다."

　유한순이 새삼 이마가 바닥에 닿도록 허리를 숙였다. 유
한순은 우군칙의 제자였다. 군칙한테서 칼 쓰기, 활쏘기를

---

21 봉사(奉事): 조선시대 종8품 벼슬.

배우고 약 처방하는 법, 명당자리 고르는 법도 익혔다. 그러나 천성이 술 마시고 노는 걸 좋아해서 가는 곳마다 말썽을 일으켰다. 일찌감치 서울의 뒷거리를 휘젓고 다니던 그는 포도청에 체포되어 백령도 수군으로 끌려갔다. 바다의 외딴섬에서 배 짓고 수리하는 노동만 하던 그를 구해 준 이도 우군칙이었다. 백령도를 지나는 상선 배꾼들한테 돈을 쥐여주고 그를 섬에서 탈출시켰다.

박 봉사란 서울 조정의 사옹원 봉사 박종일을 가리켰다. 암행어사로 이름을 날린 박문수의 증손자 되는 박종일은 곽산 진사 김창시와 마찬가지로 소년 시절 유학권에게 글을 배웠다. 유학권은 곧 홍경래의 외숙부다. 그러니까 홍경래, 김창시, 박종일 모두 한 선생님 밑에서 공부를 한 셈이다. 셋이서 형제처럼 친하게 된 것도 그 때문이었다.

박종일 또한 노론 세도정치를 미워하면서 세상이 바뀌길 바라고 있었는데 서울에서 직접 홍경래를 만난 뒤부터는 자신이 앞장서 그 일을 하겠다고 나섰다.

우한순이 서울에서 할 일은 박종일과 더불어 내부 동지를 모으고 서울의 민심을 흔드는 일이었다. 그리하여 평안도에서 일어난 봉기군이 서울로 쳐들어올 때 내부 동지들이 성문을 열어주고 또 서울의 성민들이 봉기군을 환영하는 분위기를 만드는 것이었다.

"참, 내가 술 한 잔 준다는 걸 잊었구먼."

뒤늦게 생각났다는 듯이 홍경래가 술 주전자를 들고 유한순에게 다가오라 손짓했다. 공손히 무릎을 꿇은 한순이 두 손으로 경래에게 잔을 내밀었다.

"지난번 남대문 벽서 일도 참 좋았어, 자네 아니면 누가 그 일을 하겠는가."

"별일도 아닌데 너무 큰 칭찬이십니다."

홍경래가 잔이 넘치게 술을 따랐고 한순이 고개 숙여 잔을 받았다.

한순이 단숨에 잔을 비우는 것을 보고 자리의 사람들이 손뼉을 쳤다. 10월 그믐께였다. 한밤중에 남대문 돌벽에 여러 장의 괴문서가 붙었다. 임금이 무능하고 세도가들이 못된 짓을 하도 많이 해서 백성들이 죽을 지경이라는 내용이었다. 게다가 북쪽으로부터 정씨 성을 가진 신과 같은 인물이 수십만 군사를 이끌고 왕성으로 쳐들어오니 세상 바뀔 날이 머지않았다는 말까지 적혀 있었다. 이 벽서 때문에 조정이 발칵 뒤집혔다. 범인을 잡는다고 좌우 포도청의 포졸들이 눈에 불을 켜고 찾아다녔지만, 범인의 흔적조차 찾질 못했다. 그 벽서를 붙인 주인공이 유한순임은 다복동 사람들만 알고 있었다.

어둠이 내린 뒤였다. 앞마당 쪽에서 어지러운 발소리가 났고 뒤이어 홍 총각의 굵직한 목소리가 들렸다.

"가산 이 좌수 오셨습니다."

그 소리에 홍경래가 급히 몸을 일으켜 마루로 나섰다.

과연 이희저 일행이었다.

5척 작은 키의 이희저가 얼른 댓돌 위에 올라서며 홍경래의 손을 잡았다.

"많이 기다리셨죠? 면목 없습니다."

"천만의 말씀, 이렇게 탈 없이 오셨으니 더 이상 바랄 것이 없습니다."

홍경래가 서둘러 일행을 방안으로 이끌었다.

이희저의 심복이며 가산의 힘꾼으로 소문난 윤언섭, 고원섭 두 장정이 희저를 따르고 있었다.

홍 총각까지, 마침내 열두 명의 봉기군 지도부 인사가 자리를 같이했다.

알고 보니 이희저가 늦게 온 것도 모두 가산 군수 정시 때문이었다. 어제 일이었다고 했다. 난데없어 관아22 나졸들이 이희저의 본 집에 들이닥쳐 첩 연홍을 데려갔다는 것이었다. 이유는 간단했다. 관아의 기생은 마땅히 관아에 있어야 하는 법 민가에 있을 수 없다는 것이었다. 물론 연홍은 본래 가산 관아의 기생이었다. 그러나 전 사또가 있을 때 이희저가 큰돈을 관아에 바치고 기생의 신분을 지웠다. 평민의 신분으로 자신의 첩을 삼기 위해서였다. 그만큼 이희저는 연홍을 좋아했다. 이는 법으로도 허가된 일이었다. 이전 사또가 있을 때 있었던 일을 새 군수 정시가 뒤집어 버린 이유도 분명했다. 이희저로부터 더 많은 돈을 받아내기 위한 수법임이 뻔했다.

"도원수[23], 오늘 우리가 이렇게 모인 까닭을 압니다. 하루라도 빨리 거사 일을 당기도록 합시다. 이 사정 저 사정 살필 겨를이 없습니다. 우리도 이미 준비할 만큼 하지 않았습니까. 내일 당장 군사를 일으킨다 해도 아무 문제가 없습니다. 가산, 박천부터 우리 손에 넣는 것이 중요합니다. 바라건대 가산으로 쳐들어가는 일은 저한테 맡겨주십시오. 제가 맨 앞에 서겠습니다. 정시 이놈을 내 손으로 잡아 죽여야 속이 시원하겠습니다."

---

22 관아(官衙): 벼슬아치들이 모여 나랏일을 보던 곳.
23 도원수(都元帥): 고려·조선 때, 전쟁이 났을 때 임시로 군무를 통괄하던 장수.

늦게 온 이유를 밝히고 난 이희저가 도원수 홍경래를 쳐다보면서 음성을 높였다.

"좌수 어른의 심정은 백 번 헤아릴 만합니다. 허나 나를 알고 적을 알아야 전쟁에서 승리를 거두는 법, 우리네 준비 상황부터 제대로 살펴보는 것이 중요할 듯합니다. 우 군사께서 먼저 말씀을 주시지요."

희저를 진정시킨 홍경래가 우군칙을 바라보았다. 군칙이 일어났다.

"내년 정월 초로 예정했던 거사 날짜를 앞당기는 것은 저도 찬성합니다. 주변 여러 관아에서 우리를 수상하게 보고 있고 이미 여러 동지가 잡혀 들어간 마당에 정해진 날짜만을 고집하다가는 일을 그르칠 수 있기 때문입니다. 오늘 이 자리에서는 날짜를 당기긴 당기는데 어느 날짜로 하면 좋겠는지 의견을 모아주시면 좋겠습니다. 그러기 위해서는 우리의 준비 상황이 어떻고 또 앞으로 어떤 일을 꼭 해야 하는지 알아야 할 것입니다. 첫째 군사의 숫자입니다. 오늘 오후까지 이곳 다복동에 들어온 인원은 천 명이 조금 넘습니다. 목표로 했던 3천에 비하면 턱없이 부족하지요. 물론 여러 지역에 숨겨놓은 군사가 있으니 서둘러 이들을 부르면 2천은 금세 채울 수 있을 것입니다. 허나 강계 정시수 어른한테서는 아직 확실한 답을 못 받고 있습니다. 말씀으로는 꼭 군사를 보내준다고 하지만 아무런 대가 없이 그 많은 군사를 보내줄지 의문입니다."

지난 봄날에도 홍경래와 우군칙이 직접 강계까지 가서 정시수를 만난 일이 있었다. 정시수는 강계지역에서도 이름난 사냥꾼 포수였다. 산짐승을 잡아 그 가죽을 강 건너의 중국인들에게 파는 것이 그의 직업이었다. 중국과의 무역이 엄히 금지돼 있었기에 이 또한 법을 어기는 일이지만 압록강 주변의 사람들치고 이러한 밀무역에 가담치 않은 사람이 없었다. 사냥 솜씨가 뛰어난 덕에 정시수는 일찌감치 큰돈을 벌었으며 그를 따르는 포수, 몰이꾼 등이 2, 3백이 넘었다. 그는 이러한 힘을 기반으로 해서 강 건너 만주 땅에서 활약하는 마적24, 비적25들과도 손을 잡았다. 말을 타고 떼 지어 다니면서 관공서, 부잣집을 공격하여 물품을 약탈하는 이들 마적, 비적들은 가끔 중국과 조선을 오가는 두 나라 사신의 행렬까지 습격하기도 하였다.

홍경래와의 두 번째 만남에서 정시수는 흔쾌히 거사를

---

24 마적(馬賊): 말을 타고 떼를 지어 다니는 도둑들.
25 비적(匪賊): 무장을 하고 떼를 지어 다니며 사람을 해치는 자들.

돕겠다고 했다. 총 잘 쏘는 기병 3백을 보내주겠다고 큰소리쳤던 것이다. 이 약속을 받기 위해 홍경래는 군사들 몸값에 해당하는 은을 제공하고 정시수에게는 봉기군을 총지휘하는 도원수의 자리까지 넘기겠다고 제의했다.

그런데 날이 갈수록 정시수의 약속을 믿을 수 없었다. 다복동 금점으로 먼저 보내겠다는 기병의 숫자가 50이었는데 실제로 온 기병은 다섯밖에 되지 않았다. 돈을 주면 움직이고 그렇지 않으면 움직이지 않는다는 장사 셈이 분명했다. 그러나 아직 다복동에서는 기병 3백의 몸값을 치를 형편이 아니었다.

우군칙의 말이 이어졌다.

"그래서 일단 정시수의 군사는 전체 숫자에서 제쳐두도록 하겠습니다. 물론 그분의 기병 백 명만 얻는다 해도 관군 5백을 제압할 수 있으니 앞으로 남은 날까지도 협상은 계속하겠습니다. 그리고 정주성에서 우리와 함께할 동지가 2백이 넘고 박천에서 2백, 태천에서 150, 개천에서 60 정도가 있습니다."

"개천도 80이 넘어섰습니다."

잠자코 있던 이제초가 한마디 했다.

"그런가요? 정말 다행입니다."

홍경래가 반갑게 답했고 이제초가 자신 있다는 듯 대답했다.

"예, 오늘 제가 데리고 온 장정만도 스물다섯입니다."

우군칙도 기쁜 표정으로 말을 이었다.

"예 좋습니다. 우리 이 장군처럼 여기 계신 분들도 군사 모집에 더 많은 힘을 써 주시길 부탁드립니다. 최소한 이곳 다복동에 2천 이상의 군사가 집결해야만 거사가 가능하다는 것이 제 생각입니다. 의주에서, 개성에서, 한양에서 여러 어른이 도와주신 덕분에 군량은 충분하게 모였습니다. 쌀, 보리, 콩, 옥수수 같은 곡식은 말할 것 없고 된장, 간장, 김치, 기름, 건어물 등도 곳간마다 가득 쌓여 있으니 군사들이 배고파 힘을 못 쓰는 일은 절대 없을 것입니다. 칼과 창 같은 무기 또한 부족함이 없습니다만 조총이며 화승총을 다룰 줄 아는 군사가 많지 않다는 것이 좀 걱정입니다. 여기 홍 총각 장군도 계십니다만 남은 날 동안에도 총 쏘는 훈련은 더 열심히 해야 할 것 같습니다."

"2천 명 군사한테 모두 무기가 제대로 지급된다는 말씀인가요?"

부원수 김사용이 물었다.

"예 2천 명분은 충분합니다. 그러나 2천5백이 되고 3천이 될 때는 모자랄 수도 있습니다만 큰 걱정은 하질 않습니다. 인근의 관아 두세 개만 점령해도 그곳 병기 창고의 무기들이 모두 우리 것이 되기 때문입니다.”

“예, 준비 상황은 잘 들었습니다. 그러면 날짜는 언제가 좋을까요? 아무래도 올해 안으로 당기는 것이 좋을 듯합니다만...”

홍경래가 무리를 둘러보았다.

당장 이번 달(11월)에 거사하자는 의견과 다음 달(12월)에 하자는 것으로 의견은 크게 나뉘었지만 청천강, 대령강이 얼어붙어야 한다는 조건 때문에 전체의 뜻은 금방 섣달(12월)로 미루어졌다.

우군칙이 결론으로 말했다.

“잘 알았습니다. 여러분의 말씀이 다 일리가 있습니다만 무엇보다 평양과 서울에서 미리 도모해야 할 일이 있습니다. 그러려면 아무래도 섣달 스무날(12월 20일) 전후가 될 수밖에 없을 것 같습니다. 어떠십니까? 여러 어른께서는 우선 그날이 거사일이다 작정하시고 남은 일들을 마무리해 주시지요. 그리고 확실한 실행 날짜는 여러 상황을 봐 가면서 도원수 어른께서 정하는 것이 어떨까요?”

“좋습니다.”

우군칙의 말에 전원이 찬동했다. 대강의 날짜는 정해졌다. 당초 예정일보다 보름 정도를 앞당기는 것이었다.

2. 떨쳐 일어나다

　섣달 열엿샛날(음력 12월 16일), 아직 어둠이 가시지 않은 이른 새벽이었다. 대령강 빙판 위로 몰아치는 바람 속으로 한 떼의 기마 장정들이 달렸다. 말발굽 소리가 얼음장을 울렸다.

　"왔어! 횃불을 켜라!"

　다복동 토성의 망루를 지키던 강석구가 소리쳤다. 허연 뼈처럼 드러누운 대령강 강줄기 쪽에서부터 말발굽 소리가 들렸다. 말들이 내뿜는 숨소리마저 들리는 듯했다. 소리 나는 쪽으로 석구가 횃불을 휘둘렀다. 나루 방향에서 '탕!' 총소리가 났다. 총에서 뿜어진 불씨가 반딧불처럼 퍼지는 것도 봤다. 횃불을 발견했다는 신호였다.

　머잖아 기마 장정들이 질풍처럼 토성 안으로 밀려들었다. 거센 흙바람이 그들을 뒤따랐다. 하나, 둘, 셋, 넷... 석구는 말의 수효를 다 세지 못했다. 마흔이 더 되는 것 같았다. 마상의 장정들 모두가 머리에 흰 수건을 질끈 동여맸다. 걸친 옷은 하나같이 짐승 가죽이었다. 화승총, 조총을 둘러맸다.

기마 장정들이 성안 공터 한가운데서 말머리를 나란히 하고 섰다. 석구도 아는 '흑곰'이 이들의 우두머리였다. 모두 강계, 벽동 등지에서 달려온 포수들이었다. 나머지 군사들은 정시수가 직접 거느리고 온다고 했다. 그 사이, 우군칙, 김사용, 윤후검, 홍 총각 등 다복동 수뇌들도 공터로 뛰어와 이들을 맞았다.

　"섶섬엔 누가 건너갔느냐?"

　"벌써 나오십니다."

　김사용의 물음에 석구가 대령강을 가리켰다. 섶섬에서 떨어져 나오는 횃불의 모습은 다복동에서도 빤히 건너다보였다. 스물도 훨씬 넘는 숫자. 횃불 행렬이 빠르게 샛강을 건너고 있었다. 홍 총각이 재빨리 공터 단상에 올라서 소리쳤다.

　"여러분, 보십시오! 평서대원수 홍경래 장군께서 여러분을 환영하러 오십니다!"

　총각의 고함이 끝나기도 전에 일제히 함성이 터졌다.

　"평서대원수 만세! 평서대원수 만세!"

　어느덧 행렬이 토성을 지나왔다. 선두 백마에 오른 이가 홍경래였다. 얼룩무늬 호랑이 가죽으로 만든 호피관을 썼고 전장에서 입는 붉은 전복[1] 차림이었다. 손잡이에 붉은 술이 달린 장검을 허리에 찼다. 짧은 턱에 수염마저 짧았으므로 무쇠처럼 단단한 인상을 풍겼다. 홍경래의 바로 뒤엔 호위 장수 천오장이 있었으며 그 뒤로 김창시, 이제초, 김운룡, 윤언섭, 차종천. 김석하 등이 따랐다.

지난달 다복동 수뇌회의 이후 봉기군의 본영2을 섶섬으로 옮겼다. 전국 각지에서 사람들이 모여들어 다복동은 너무 비좁고 혼잡했다. 불의의 기습을 당할 경우도 생각해야 했다. 그럴 경우에도 사방이 막힌 다복동보다는 트인 공간인 섶섬이 유리했다. 섶섬 가운데는 이전부터 마련해 둔 큼직한 기와집이 있었다. 홍경래가 이곳에 머물며 봉기 계획을 마무리하는 동안 참모와 장수들은 번을 나누어 다복동과 섶섬을 지켰다.

경래 일행이 공터로 들어설 적엔 다복동 전체가 창검이 내뿜는 섬광으로 번쩍거렸다. 경래가 얼굴 가득 웃음을 띤 채 환호하는 군사들에게 손을 흔들어 답했다.

홍경래가 말에서 내려 천천히 단상에 올라갔다. 우군칙,

---

1 전복(戰服): 조선 후기에, 무관들이 입던 옷. 소매가 없고 뒤 솔기가 트여있어 다른 옷 위에 받쳐 입었음.
2 본영(本營): 총지휘자가 있는 군영. 본진.

김사용이 그의 좌우에 섰으며 이희저와 김창시, 윤후검, 홍총각 등이 그 뒤편에 버텨 섰다.

경래가 두 손을 쳐들자 환호하던 군사들이 창검을 내렸다. 한순간 주위가 조용해졌다. 1,500이 넘는 다복동 군사들과 방금 들어온 기마 장정들이 홍경래를 쳐다보았다. 미소 띤 얼굴로 무리를 내려다보던 그가 입을 열었다.

"나 평서대원수 홍경래는 너희 창성, 벽동의 군사들을 환영한다. 너희가 조금 전 어둠을 뚫고 달려왔듯이 이 천지의 새벽은 너희의 말발굽을 쫓아 달려올 것이다. 뼈를 깎는 모진 바람도, 세상을 덮는 어둠도 너희의 말발굽을 막지 못한 것처럼 어느 누구도 너희의 진군을 가로막지 못할 것이다. 너희 50 군사를 얻은 것은 나한테 철갑기병 500을 얻은 것이요, 우리 관서3의 형제 부모들에게는 5000의 구원자를 얻은 것이로다. 이제 남은 것은 너희의 힘과 재주를 다 해 관서의 악을 제거하고 천지의 광명을 되찾는 것뿐이로다. 신명을 다해 나를 위해 싸울 것이며 백골로도 만백성을 도울 것이로다. 하늘이 우리에게 때를 알려 주셨다. 손톱만큼

---

3 관서(關西): 마천령 서쪽의 지방. 평안도. 평안남북도.

도 두려워 말고 온 힘을 다해 싸울지어다. 결코 너희만 있는 것이 아니다. 5천의 다복동 정예 군사가 너희의 형제다. 서북 평안도 각 관아의 병영, 병참마다 숨은 십만의 동지가 우리의 진격 때마다 열렬히 반겨줄 것이며 만백성이 우리의 등을 밀어줄 것이다. 또한 만주 땅에 계시는 신인4께서 철갑 기마 5만을 이끌고 와 우리를 도울 것이니 대세는 이미 끝장이 난 것과 다름이 없도다. 무엇이 우리가 가는 길을 막을 것인가!"

잠시 말을 끊고 경래가 숨을 골랐다.

"나 평서대원수 홍경래를 따르는 자에겐 끝없는 복과 영화가 있을 것이요, 명을 어기는 자에겐 서릿발 같은 군율이 기다릴 것이로다. 출격의 북이 울릴 때까지 마음껏 먹고 쉬어라!"

경래가 두 팔을 쳐들자 다시 산이 무너질 듯한 함성이 터졌다. 골짜기와 산이 "평서대원수!"의 외침으로 뒤흔들렸다.

기마 장정 중에서 흑곰이 말을 몰아 단상 앞으로 나섰다.

---

4 신인(神人): 신과 같이 숭고한 사람.

홍경래가 그에게 장검을 내리며 말했다.

"흑곰 너에게 기마무장을 명하노라. 너희의 말발굽이 악의 무리를 짓밟도록 하라!"

"대원수의 명을 받습니다. 목숨이 끊어지는 때까지 대원수와 함께하겠습니다."

흑곰이 두 손으로 장검을 받아 쥐었다.

"마음 같아서는 지금 당장 출격의 북을 울리고 싶습니다."

김사용이 떨리는 음성으로 말했다.

"사흘 남았습니다. 사흘."

홍경래도 흥분을 숨기지 않았다.

지난번 회의 때 의견을 모았던 것처럼 거사일은 섣달 스무날(12월 20일)로 정했다. 사흘 뒤였다. 그사이 5백이 넘는 군사들이 새로 다복동에 들어왔다. 선사포와 방축포 등지에서 만들어진 무기들도 속속 대령강을 거슬러 올라왔다.

그저께 평양 대동관을 폭파하는 일은 실패로 돌아갔다. 이틀째 계속 내리는 겨울비로 폭약의 심지가 다 젖어 있었다는 사실을 몰랐다. 그 때문에 밤중에 터져야 할 폭약이 다음 날 아침에 간신히 터졌다. 폭약의 위력이 약해진 탓에 무너져 내려야 할 대동관 건물은 마루 하나만 태우고 멀쩡히 남았다. 그 바람에 일을 꾸몄던 동지 둘이 체포됐다.

서울에 파견된 유한순은 그사이 박종일의 도움을 받으며 서울 곳곳에 거사를 알리는 벽서를 붙였다. 광화문 앞 육조 거리에서부터 종로의 포도청 인근에서도 벽서가 발견됐다. 서울의 민심이 흉흉하게 바뀌고 있었지만, 벽서를 붙인 주모자들은 전혀 잡히지 않았다.

섣달 열이렛날(12월 17일).

이날도 평안도 각지에서 보내온 장정들이 삼삼오오 짝을 지어 다복동으로 들어왔다. 안주 병영에서 도망친 김대린과 이인배가 군마를 타고 먼저 들어왔으며, 철산 군교 정복일이 보낸 장정 다섯이 가산에서 하룻밤 자고 청룡산을 넘어왔다. 태천 좌수 김윤택이 셋, 영변 좌수 김우학이 둘, 정주에서 최이륜, 이침, 김이태 등이 열둘, 선천의 유문제가 넷, 구성 부자 차윤수가 둘, 곽산에서 박성신이 다섯을 보내왔다.

짧은 해가 황토산 너머로 떨어질 무렵, 가산에 머물던 이희지가 말을 몰아 다복동으로 날려왔다. 거사 당일까지 가산에 있기로 했던 그가 급히 달려온 것을 보면 가산에 비상한 일이 벌어졌음을 알 수 있었다.

"대원수께선?"

우군칙이 그를 맞았는데 희저는 홍경래부터 찾았다.

"섶섬에 계신가요? 야단났소이다. 하마터면 여기 오지도 못하고 모가지가 댕강할 뻔했습니다."

이제초가 나서서 그를 진정시켰지만, 그는 좀체 흥분을 가라앉히지 못했다. 오정 무렵 평양 감영에서 가산 군수 정시한테 비밀명령이 내려왔다고 했다. 대동관 폭파사건의 배후에 다복동이 있음을 평안감사가 알았다는 것이었다. 밀령을 받은 정시는 관내 포교를 전부 동원해 다복동 인사를 체포하라는 명을 내렸다. 맨 먼저 이희저의 집부터 덮쳤다. 관아 통인5 최완근이 조금만 늦게 알려줬어도 희저는 꼼짝없이 당했을 처지였다. 군수가 직접 달려와 대문을 박차는 사이 뒷문으로 도망쳤다고 했다.

거의 같은 시각, 선천 부사 김익순도 평안감사로부터 똑같은 명을 받았다. 그렇지 않아도 자자한 난리 소문에다 이틀 전부터 성문 앞에 살던 백성들 수십 명이 떼를 지어 사라진 것을 알아챈 김익순은 자기 손으로 다복동을 치겠다

---

5 통인(通引): 조선시대 수령 아래서 잔심부름하던 자.

고 결심했다.

"낭패로군요. 좌수 어른이라도 이렇게 오셨으니 천만다행이고요..."

"얼른 대원수님을 뵙도록 하시지요."

우군칙과 이제초가 한마디씩 했다. 얼어붙은 샛강을 건너 섶섬으로 들어섰다.

"내일 자시6를 기해 거병합니다."

홍경래가 최종 결정을 내렸다. 넓은 방 안에 무거운 침묵이 흘렀다. 경래가 옆에 놓았던 장검을 무릎에 얹으며 각 수뇌들에게 최종 지시를 내렸다.

"놈들에게 힘을 수습할 여유를 줘서는 안 됩니다. 어찌할바 몰라 우왕좌왕할 때 우리의 칼날이 저들의 가슴을 찔러야 합니다. 여러 관아, 발참, 역원, 장터에 깔린 우리 군사들한테는 오늘 밤 당장 거사일이 바뀌었다고 통문7을 돌리시오. 남군은 내일 밤 자시를 기해 기병하지만 북군은 사정이 급하니 지금 바로 출정하도록 합니다. 미리 정한 바처럼

---

6 자시(子時): 밤 12시.
7 통문(通文): 사정을 알리는 통지문

부원수 김사용이 장군이 북군을 지휘합니다. 도총 김창시, 선봉장 이제초, 영장 김희련, 김국범도 이 밤 안으로 부원수와 함께 곽산, 선천으로 달려가야 하오. 내일 해지기 전에 곽산을 접수하고 이미 잡혀있는 박성신, 장홍익 동지들을 구출하시오. 모레는 아침 일찍 선천을 공격해서 성을 점거해야 하오 이후 철산, 용천, 의주로 진격하는 일은 도총께서 잘 알고 있을 것이오.”

홍경래가 쥐었던 장검을 김사용에게 내렸다. 무릎을 꿇은 채 사용이 칼을 받았다.

“지금 이 시각부터 북군의 모든 명은 부원수한테서 내려진다. 그의 명이 곧 나의 명이다. 군율을 어기는 자 마땅히 이 검으로 처단될 것이다.”

김사용이 허리를 숙인 채 엄숙히 말했다.

“신명을 다해 싸울 것입니다.”

선천으로 떠날 북군의 장수들 하나하나가 몸을 일으켜 홍경래에게 큰절을 했다. 북군 도총 김창시. 군량 이방욱, 선봉장 이제초, 각 영장 김희련, 김국범, 이제신, 이성항... 이제신은 이제초의 아우였다. 차례로 그들이 하직 인사를 했다. 경래가 일일이 그들의 손을 잡았으며 따로 은잔에다 청주 한 잔씩을 따라 주었다.

이날 밤, 북군 선봉대 367명이 밤 어둠을 타고 다복동을 출발했다. 둘씩, 셋씩 무리를 지어 떠났다. 다들 변장했다. 붓 장수, 소금 장수, 생선 장수 등등. 무기는 봇짐 깊숙이 숨겼다. 선봉장 이제초는 기병 다섯을 데리고 맨 먼저 출발했으며 부원수 김사용은 군사들이 모두 떠난 것을 확인한 뒤에 말에 올랐다.

집결지는 선천과 곽산 사이에 있는 새마루 뒷숲이었다. 곽산, 선천을 오가는 사람들은 반드시 거치는 길목이다. 도총 김창시의 계획은 곽산에서 체포된 박성신, 장홍익 등이 선천으로 압송되는 것을 도중에서 막아 구출하는 것이었다. 먼저 도착한 봉기군 중에서 열댓을 선발해서 고갯길에 매복시켰다. 염탐꾼의 보고에 따르면 체포된 두 사람은 점심 후에 곽산을 떠난다고 했다. 그 사이 다복동을 떠나온 군사들이 속속 숲속에 모여들었다.

해가 설핏 기울 무렵, 죄수를 압송하는 나졸들이 고개 아래에 나타났다. 선두의 군교를 포함해서 모두 일곱이었다. 일행이 중턱에 이르렀을 때 매복했던 봉기 군사들이 일제히 총을 쏘며 숲을 뛰쳐나갔다. 뜻밖의 기습에 놀란 곽산 나졸들은 창 한 번 휘두르지 못한 채 그 자리에 주저앉고 말았다.

이제초와 김창시가 직접 나서서 죄수들을 묶은 밧줄을 풀어주었다. 곽산군수 이영식한테 붙잡혀 고문당했던 두 사람이 북군 장수들 하나하나와 포옹을 하며 감사와 반가운 인사를 했다. 이제초가 박성신을 말에 태우며 말했다.

"어서 저희와 함께 곽산으로 쳐들어가시지요. 이제 곽산은 어르신의 고을입니다."

거사를 계획하면서 봉기군은 이미 점령지 고을을 다스릴 책임자까지 정해놓았다.

숲속 군사들을 정렬시켰다. 간밤 다복동을 떠난 군사들은 빠짐없이 모인 듯했다. 이제초가 말 위에서 소리쳤다.

"이제 곽산으로 달려간다. 군수 이영식을 사로잡는 자에겐 은 닷 냥을 주겠노라!"

"가자, 곽산으로!"

3백이 넘는 봉기군 북군 군사들이 일제히 창검을 쳐들며 함성을 질렀다.

열여드렛날(12월 18일) 깊은 밤. 다복동의 넓은 연병장에는 북군을 뺀 봉기군 전원이 집결했다. 사방에 켜진 횃불이 다복동을 낮처럼 밝혔다. 천 명이 넘는 군사들이 좌우 열을 맞춰 섰고 그 앞에 100이 넘는 기병들이 말머리를 나란히

해 섰다. 맨 앞쪽엔 선봉장 홍 총각과 후군장 윤후검 두 사람이 있었다. 둘은 똑같이 호피관을 쓰고 갑옷을 입었으며 군사들은 저마다 붉은 수건으로 머리를 동여매고 백목의 흰 허리띠를 했다. 기병들의 무기는 대부분 화승총이며 일반 군사들은 창과 검이 뒤섞인 무장이었다.

이윽고 천오장이 이끄는 다섯 기의 호위기병과 함께 대원수 홍경래가 연병장으로 들어섰다. 우군칙, 이희저 등 수뇌들이 그 뒤를 따랐다.

경래가 단상에 오를 때는 다시금 천지를 흔드는 함성이 터졌다.

"대원수 만세!"

"평서대원수 만세!"

홍경래는 단상에 꼿꼿이 선 채 함성이 가라앉기를 기다렸다. 모든 소리가 그친 뒤에도 그는 꼼짝을 않고 그대로 서 있었다. 작고 단단한 체구의 그는 호피관에 붉은 갑옷을 입었다. 몸집에 어울리지 않는 긴 칼을 찼다. 이윽고 그가 쩌렁쩌렁 울리는 목소리로 말했다.

"나 평서대원수 홍경래는 이제 너희에게 출격을 명한다.

나아가 싸워 떨칠 것을 명한다. 죽음의 수렁에서 허덕이는 너의 부모 형제 처자식을 평안의 땅으로 끌어 올리고, 불의와 억압에 눌린 억만의 이웃을 구제키 위해 너희 온 힘과 솜씨를 쏟아 죽기를 각오하고 싸우기를 명하노라! 하늘이 때가 되었음을 일러주었다. 오랜 준비의 고통스러운 세월이 지나고 이제 떨쳐 일어날 때가 되었노라! 어둠의 장막을 걷고 광명의 새날을 열 때가 왔음이라! 이미 평안도 각 고을 수령이 우리의 위세에 겁먹어 항복의 뜻을 전해 왔으며 한양의 성민들까지 우리의 날랜 당도를 손꼽아 기다리고 있노라. 하늘의 뜻을 받고 신의 도움을 얻어 용맹하게 달려 나가는 우리에겐 추호의 두려움이 없도다. 오로지 힘써 싸울 따름이로다!"

웅변을 마친 뒤 홍경래 스스로 칼을 쳐들어 '싸우자!'고 소리쳤으며 이에 전 장졸들이 따라 창검을 쳐들고 '싸우자!' 합창했다.

다음은 우군칙이 격문을 읽을 차례였다. 김창시가 지은 것이었다.

"평서대원수가 급히 격문을 띄우노니 평안도의 백성들은 모두 들으시라! 무릇 평안도는 기자(箕子) 성인의 옛터요 단군 시조의 터전으로서 예의가 바르고 문화가 번창했던 곳이다. 임진왜란이 터졌을 때도 이곳 사람들이 다 함께 왜적과 맞서 싸웠고 병자호란 때도 수없는 충신들이 나라를 위해 목숨을 바쳤다. 그런데 보라! 조정에서는 우리의 평안도 버리기를 쓰레기 버리듯 하질 않았던가. 심지어 권세가의 노비들까지도 우리 평안도 사람을 보면 '평안놈'이라고 지껄이지 않던가. 이런 처지에 평안도에 사는 자 치고 억울하고 원통하지 않는 자 있겠는가. 나라가 어려울 때마다 평안도의 힘을 빌리고 도움을 청해놓고서도 이제 와서 평안도 버리기를 헌 걸레 버리듯 하니 우리가 어찌 참고 견디겠는가!

지금 나이 어린 임금이 위에 있어서 간신배들이 조정을 쥐락펴락하고 있으며 김조순, 박종경의 무리가 국가권력을 제멋대로 하고 있다. 이러하니 어진 하늘이 어찌 벌을 주지 않겠는가. 하여 겨울에도 번개가 치고 곳곳에서 지진이 일어나고 혜성이 떨어지고 태풍과 우박이 덮치지 않은 해가 없었도다. 이 때문에 번번이 흉년이 들고 굶고 헐벗은 이들이 거리를 헤매며 늙은이 어린이가 구렁에 빠져서 산 사람이 거의 없을 지경까지 이르고 말았도다. 그러나 다행히 세상을 구할 성인이 선천 가야동 홍의도에서 태어나시어 강계 땅에서 철갑기병 10만을 거느리시게 되었도다. 그분께서 직접 이 땅의 부정부패를 씻어버릴 것을 결심하였지만 이 평안도 땅은 성인이 태어나신 고향이므로 차마 짓밟고 무찌를 수 없다고 하셨노라. 대신 먼저 평안도의 호걸들로 하여금 군사를 일으켜 만백성을 구하도록 하시었다. 그러니 우리의 깃발이 나부끼는 곳이 곧 참 임금을 기다리다 살아난 곳이 아니겠는가.

이제 격문을 띄워 먼저 평안도 각 고을 수령과 병영 지휘관들에게 알리노니 절대로 당황치 말고 성문을 활짝 열어 우리 군대를 맞아라! 만약 어리석게도 항거하는 자 있으면 철갑기병 5천으로 무찔러 남기지 않으리니 마땅히 속히 명을 받아 거행함이 좋으리라.

이 격문은 안주 병영의 병사(총사령관), 우후(두 번째 지휘관) 및 안주 목사(시장), 숙천 부사, 순안 현령, 평안감사, 중군(평양 군부대 사령관), 서윤(평양시장), 강서 현령, 용강 현령, 삼화 부사, 함종 부사, 증산 현령, 영유 현령에게 내리노라. 대원수.”

이어서 하늘의 신에게 군사의 출정을 알리는 고신제를 올렸다. 살아있는 산양 한 마리가 제단에 올라 있었다. 축문을 읽은 홍경래가 뒷걸음으로 제단에서 물러나자 천오장이 단검으로 산양의 목을 베고 피를 받았다. 한 대접 철철

넘치는 뜨거운 피. 홍경래가 꿇어앉은 채 먼저 그 피를 한 모금 마셨고 이어 우군칙, 이희저가 마셨다. 다음 순서는 홍 총각, 윤후검, 김대린, 양소유 등 지휘관들로 이어졌다. 피로 맺은 동지들에게 신의 가호가 있기를 바라는 경건한 의식이었다.

북이 울렸다. 모든 의식이 끝난 직후였다. 말에 오른 홍경래가 오른손을 높이 쳐들었다. 그것을 신호 삼아 홍 총각이 소리쳤다.

"전군 출동!"

총각이 저 먼저 드세게 말을 몰았다. 후군을 맡은 윤후검이 대열 뒤편으로 물러났다. 선봉군의 50여 기마병들이 홍 총각을 뒤쫓았고 긴 대열을 이룬 보군들이 빠른 걸음으로 그 뒤를 따랐다. 홍경래를 비롯한 수뇌 인사들은 대열이 모두 연병장을 빠져나갈 때까지 지켜보았다.

"오늘이 있을 줄 알았습니다."

우군칙이 말고삐를 당기며 감개 어린 음성으로 말했다.

"꼭 10년 전이었지요... 신령이 도와주신 덕분입니다."

홍경래의 음성도 조금 떨렸다.

10년 전 가을날이었다. 작은 절 청룡사 마당에도 낙엽이 분분히 날리고 있었다. 상투 머리의 청년 하나가 싸리 빗자루를 들고 법당 앞마당을 쓸고 있었는데 주지 석승 스님이 굳이 그를 불러 홍경래에게 인사를 시켰다. 3년 전 과거시험 떨어진 뒤부터 세상에 대한 불만을 품은 채 전국을 유랑하다가 잠시 발길을 멈춘 곳이 청룡사였다. 석승 스님은 외숙 유학권과도 평소 친분이 있었기에 반겨 홍경래를 맞아 주었다. 당시 경래는 서른 살을 갓 넘긴 나이였다.

　스님의 부름을 받은 우군칙이 정중하게 허리를 숙이며 경래에게 인사를 했다. 태천 양반집의 서자 출신이었기에 우군칙은 양반 자제인 홍경래와 신분이 달랐다. 경래처럼 작은 키였지만 몸집만큼은 돌처럼 단단해 보였다. 더 인상적인 것은 상대를 꿰뚫어 보듯 한 강렬한 시선과 눈빛이었다. 홍경래보다 다섯 살이 적은 스물다섯의 청년 우군칙. 그도 의술과 지관 공부를 하고 있으며 무예에도 소질이 있다는 것이 스님의 소개였다.

　그날 밤 두 젊은이는 밤을 새워가며 얘기를 나누었다. 두 사람이 현재 공부하고 있는 풍수와 의술에서부터 조정의 정치까지 얘깃거리는 많고도 드넓었다. 홍경래는 그의 이야기를 들으며 그가 자신보다 더 큰 불만과 원한을 품은 채 세상을 살아가고 있음을 알았다. 서자 출신으로 과거의 무과(武科)시험이라도 쳐 보려고 어려서부터 병법에 관한 책을 읽고 말타기, 활쏘기, 창검 다루기를 익혔지만, 시험장에도 들어가 보지 못했음을 알았다. 집안에서는 본처 출신 형제들한테서 끝없는 구박을 당했으며 끝내 집을 뛰쳐나와 정처 없는 떠돌이 생활을 이어왔음도 알았다.

"조정 대신이며 사대부 양반들만 믿고 기다려서는 세상 바뀔 날이 영영 없을 것입니다. 개돼지보다 못한 삶을 살다가 길거리에서 죽어야 할 목숨이 바로 이 평안도 상것들이지요. 임금을 둘러싼 세도가들을 쫓아내고 백성들의 피를 빨아먹는 탐관오리들부터 쳐내지 않으면 세상 달라질 것이 없습니다. 이후 토지제도, 세금 제도, 과거제도를 싹 바꿔야 할 것입니다. 힘쓸 수 있는 자 누구든 제 논밭을 가지고 농사를 짓고 능력 있는 자 누구든 장사를 할 수 있어야지요. 양반과 상놈, 적자와 서자 차별을 없애고 평안도와 경기도의 구별까지 모두 없애지 않으면 안 됩니다. 그러기 위해서라도 세상을 뒤집어엎지 않을 수 없습니다. 백성들이 스스로 일어나지 않으면 세상을 뒤집을 수 없습니다. 오늘 처음 뵈었습니다만 홍 공8께서는 얼마든지 그럴 수 있다고 여깁니다. 세상을 제대로 보는 높은 안목이 있고, 세상을 바꾸겠다는 의지와 지혜가 있는데 어찌 가능치 않겠습니까? 제가 오늘 이날까지 살아온 것도 어쩌면 홍 공 같은 분을 만나기 위해서일지도 모르겠습니다. 천지신명이 맺어준 인연이라고 여길 따름입니다."

"나도 마찬가지요. 오늘 우 공을 만나기 위해 지난 3년을 그렇게 떠돌아다녔던 모양입니다."

홍경래와 우군칙이 서로 뜨거운 손을 움켜잡았다. 밤이 지나고 새벽이 오는 시각이었다. 당장에 한 명 한 명 뜻 맞는 이들을 찾아보자는 굳은 약속까지 했다.

그날 우군칙이 추천한 첫 번째 인물이 가산의 이희저였다. 중국 가는 사신을 따라다니던 역졸로 있다가 홀로 중국말을 익혀 역관의 자리에 오른 이희저. 그는 타고난 장사꾼이기도 했다. 중국에 건너갈 때마다 값나가는 물건들을 챙겨 와서 국내 부자들에게 팔았으며 그 빼어난 수완으로 5년 만에 큰돈을 벌었다. 돈을 번 뒤에는 지방 수령과 향교에 뇌물을 뿌려 자신의 신분까지 세탁했다. 천한 역졸이었던 그가 어느새 향교의 큰 어른인 좌수가 돼 있었다.

---

8 공(公): 존대하는 이들이 서로 부르는 호칭

그러나 돈이 있고 양반 신분이 되었다고 해서 그가 평안한 나날을 누리지 못한다는 것이 우군칙의 설명이었다. 우선 장사가 예전만큼 잘되지 않았다. 세도가들을 등에 업은 서울의 시전 상인들 때문이었다. 그들은 어느새 의주 상인, 개성 상인들을 억누르며 중국과의 밀무역을 독차지하였다. 이희저 같은 역관 출신들의 장사에 대해서는 더더욱 방해가 심했다. 비단 한 필을 몰래 들여왔다가 목숨까지 잃는 지방 상인들이 수두룩했다. 절로 이희저도 몸을 움츠릴 수밖에 없었다. 게다가 좌수 자리도 편안치 않았다. 부임해 오는 사또마다 희저의 과거를 빌미 삼아 돈을 뜯어내려고 했던 것이다. 그들의 등쌀을 이겨내려면 희저 편에서 수시로 돈을 갖다 바쳐야만 했다. 따라서 이희저 또한 세상에 대한 불만이 누구보다 크다는 것이 우군칙의 말이었다.

　"마침 때가 잘 되었습니다. 이희저의 아버지가 오늘내일 할 정도로 위독하기 때문입니다. 초상을 당하고 장례를 하려면 마땅히 좋은 산소부터 잡아야 하겠지요. 제가 알기로도 그동안 여러 지관을 만났지만, 아직 마음에 드는 산소를 얻지 못했나 봅니다. 때마침 홍 공께서 여기 오셨으니 직접 이희저를 만나 보시는 겁니다. 천하에 이름 높은 지관이라고 제가 미리 소문을 내놓겠습니다.”

“그러려면 명당부터 구해놔야 하지 않겠습니까?”

농담 삼아 경래가 물었는데 군칙이 정색하고 대답했다. 그만큼 그는 모든 일에 진지했다.

“그 걱정은 마십시오. 이전부터 가산 땅은 제가 손바닥 보듯이 봐 왔습니다. 이희저가 좋아할 만한 산소도 두세 군데 봐 놓았습니다.”

우군칙의 말은 틀리지 않았다. 홍경래를 처음 만난 자리에서 이희저는 제 속마음을 다 털어놓았고 또 홍경래가 잡아준 산소 자리에 크게 흡족해했다. 이렇듯 홍경래와 우군칙이 세상 바꿀 거사를 계획하면서 첫 번째로 얻은 동지가 바로 이희저였다.

새벽 두 시 무렵, 홍 총각의 선봉대가 가산 삼교에 이르렀다. 여기서 관아까지는 5리9 거리. 회나무 거리에서 미리 연락받고 나온 이방 이맹억, 서리 김응석의 무리를 만났다. 횃불에다 나팔까지 갖춘 환영이었다. 군수 정시가 관기10

9 5리: 2킬로미터.
10 관기(官妓): 지난날, 궁중 또는 관아에 딸려 가무·기악 따위를 하던 기생.

연홍과 잠자리에 드는 것을 보고 나왔다는 그들의 말이었다.

"싸워 볼 것도 없습니다. 바로 쳐들어가기만 하면 됩니다."

이맹억이 이희저를 보곤 크게 허리를 숙였다.

향교를 지날 무렵 삼문 앞 동리에서 불기둥이 치솟았다. 순식간에 화염이 밤하늘을 밝혔다. 군수를 놀라게 해 줄 요량으로 미리 불을 지르게 했다는 이맹억의 말이었다.

"관아를 쳐라!"

홍 총각이 명했다. 기병과 보졸들이 홍수처럼 삼문을 향해 달렸다. 어느새 관아 대문이 활짝 열려 있었다. 봉기군의 함성이 가산 고을을 진동시켰다. 앞선 기병들이 동헌으로, 후원으로 뛰어들었다.

홍 총각은 동헌 마당 가운데 말을 세운 채 군수가 끌려 나오길 기다렸다. 화염과 함성에 놀란 군수는 옷도 제대로 입지 못한 채 보졸들에게 끌려 나왔다. 그가 총각의 말 앞에 엎어졌다.

"네가 군수냐?"

총각이 물었다.

"네, 맞아요."

이맹억이 대신 대답했다.

"도대체 너흰 웬 놈들이냐? 감히 여기가 어딘 줄 알고..."

애써 냉정해지며 정시가 소리쳤다. 무장 출신답게 장검을 움켜쥐는 걸 잊지 않았다.

"평서대원수의 선봉장이다. 가산 군수 정시는 속히 인부11와 병부12를 내놓고 항복하라. 거역하면 지체 없이 처단하리라."

"군수는 어서 평서대원수의 명을 받으시오!"

곁에서 이희저가 외쳤다.

"이 역적놈들! 감히.. 이희저, 네 이놈! 네놈이 한패라는 게 진실이구나. 천하에 둘도 없는 악독한 놈 같으니라고. 진즉에 잡지 않고 놔두었더니만..."

정시가 칼을 빼 들었다. 분을 이기지 못해 수염이 떨렸다.

"모두 사또의 너그러운 은덕 때문이라오."

---

11 인부(印符): 직인, 도장
12 병부(兵符): 군사 동원권을 나타내는 임금이 준 신표

이희저가 껄껄 소리 내어 웃었다.

"쥑일 놈!"

"격문을 드려라!"

홍 총각이 보졸에게 명했다. 그때 통인 최완근이 방에서 인부와 병부가 든 함을 들고나왔다.

"네 놈도 한 패거리더냐?"

놀란 정시가 최완근에게 칼을 내리쳤다. 놀란 완근이 함을 던지곤 뒤로 넘어졌다. 기마 장졸 하나가 날래게 마루 위로 몸을 날리며 정시의 칼을 막아냈다. 정시가 한 손으로 함을 끌어안았다.

"그대로 처단하라."

이희저가 명했다. 보졸 둘이 또 마루로 뛰어올랐다. 정시가 삼대 일로 싸웠다. 칼솜씨가 예사롭지 않았다. 보졸 하나가 피를 흘리며 쓰러졌다. 장졸에게 밀린 정시가 마당으로 뛰어내렸다. 인부함을 껴안은 채였다.

"독한 놈이다."

홍 총각이 말을 몰아 정시를 스치며 장검을 내리쳤다. 금세 정시의 어깨에서 피가 뿜어졌다. 정시가 인부함을 떨어뜨렸다가 다시 주워들었다. 말에서 내린 총각이 정시에게 다가갔다. 군사들이 큰 원을 만들어 두 사람을 둘러쌌다.

"허튼짓 말고 항복하라!"

총각이 그에게 칼을 겨누며 말했다.

"천하의 나쁜 놈들! 어서 날 죽여라. 더러운 네놈들한테는 죽어도 항복 못 한다."

비틀거리면서도 정시 또한 총각에게 칼을 겨눴다.

"과연 충신이구나. 백성에겐 강도며 도둑인 자가 임금에게는 개 같은 충성이라니!"

총각이 살기 띤 웃음을 흘렸다.

"네가 홍 총각이란 놈이구나. 천하에 배워먹지 못한 놈!"

정시가 칼을 내밀었다. 마지막 안간힘이었다. 총각이 몸을 비키며 그의 가슴을 향해 칼을 뻗었다. 칼끝이 정시의 가슴을 파고들었다. 그가 나무토막처럼 앞으로 꼬꾸라졌다. 여전히 함을 껴안은 채였다. 총각은 쓰러진 그에겐 눈길조차 주지 않고 동헌 마루로 올라갔다. 마룻바닥에는 정시의 늙은 아버지 정로가 피투성이 되어 쓰러져 있었다.

"정질은?"

총각이 군수의 동생을 찾았다. 그가 보이지 않았다. 다복동까지 꿩 사냥을 왔던 자.

"어젯밤부터 보이질 않았습니다. 읍내 술집에 곯아떨어져 있을 겁니다. 곧 끌려오겠지요."

이맹억이 말했다.

"제 놈이 튀어봐야 부처님 손바닥 안이지."

이희저도 한마디 거들었다. 그는 자신의 심복인 윤언섭을 가산의 새 군수로 임명한 뒤 창고를 열어 읍민들에게 곡식을 나누어 주도록 했다. 옥을 열어 모든 죄수를 풀어주기도 하였다.

동이 트기 직전, 대원수 홍경래가 봉기군에게 수습된 가산읍으로 들어왔다. 봉기군과 잠 깬 읍민들이 삼교까지 나와서 대원수의 입성을 환영했다. 나팔 소리, 북소리가 읍이 떠나라 울려댔고 횃불이 골목골목을 대낮처럼 밝혔다.

홍경래가 동헌 마루에 오르자 새 군수 윤언섭이 예를 갖추어 인사를 올렸고 새로 각 부서의 책임을 맡은 관리들이 차례차례 인사를 했다. 그 사이 읍내의 여러 유지는 봉기군을 위로한다고 술과 고기 등 음식을 관아로 보내왔다.

"모든 병사를 배불리 먹이고 편히 쉬도록 하라. 군영을 갖추는 대로 박천을 칠 것이로다. 다시금 군사들을 주의시켜야 한다. 민가의 물건을 탐내어 죄 없는 양민들을 해치는 일이 없도록. 명을 어기는 자는 목을 베어 본을 보일 것이다."

홍경래가 총각에게 특별히 명했다.

홍 총각이 이끄는 남군 선봉대가 가산으로 들어오기 훨씬 전, 김사용, 이제초가 인솔한 북군은 곽산 얼음 창고에 다다라 있었다. 먼저 읍내에 정탐을 다녀온 군교 이대원의 보고에 따르면 곽산 군수 이영식은 세상모른 채 술판을 벌이고 있다 했다. 서울의 아우가 내려왔다고 대낮부터 벌인 술자리라고 했다. 나졸들이 관아를 지키고 있었지만. 그 우두머리 강윤민이 박성신의 사람이었으므로 칼부림할 필요조차 없었다. 해 질 무렵, 이미 사태를 눈치챈 관아 아전들은 죄다 달아났다는 소식이었다.

봉기군이 곧바로 관아로 쳐들어갔다. 함성에 놀란 군수 이영식이 혼비백산13하여 내아14에서 뛰쳐나왔다. 밀물처럼 동헌 마당으로 들어오는 봉기군을 보곤 다시 내아로 달아났던 그는 숨을 곳을 찾지 못하고 겨우 벽장 안에 몸을 웅크렸다. 대신 술 취한 영식의 아우가 대청에 나서서 고함을 질렀다. 그는 술에 취해 제대로 몸을 가누지도 못했다.

---

13 혼비백산(魂飛魄散): 혼백이 이리저리 날아 흩어진다는 뜻으로, 몹시 놀라 넋을 잃음을 이르는 말.
14 내아(內衙): 조선 때, 지방 관아에 있던 안채. 내동헌.

"저놈이 군수다. 죽여라!"

앞서 달려온 봉기군 보졸이 그를 보고 소리쳤다. 그와 동시에 기마 장졸들이 대청으로 몸을 날리며 그의 가슴을 찔러버렸다. 영식의 아우가 마당으로 굴러떨어졌다.

"이놈들아, 그놈은 군수가 아니다. 집 안을 뒤져봐라!"

뒤늦게 달려온 박성신이 소리쳤다. 벽장 속에 숨었던 이영식이 문틈으로 아우의 죽는 모습을 보곤 기어 나왔다.

"누가 우두머리냐? 내가 사또다. 내가 군수다. 대장이 누구냐?"

"옳거니, 제 발로 기어 나왔구먼."

박성신이 그를 알아보곤 김사용 앞으로 끌고 갔다.

"쥐새끼 같은 놈, 힘없는 백성을 잡을 적엔 그렇게 당당하더니 지금 와서는 이빨까지 덜덜 떠는구나."

김사용이 사납게 그의 수염을 잡아챘다.

"대체 당신은 뉘요?"

그래도 이영식은 사태를 모르는 눈치였다.

"네놈 같은 못된 수령들을 죽이러 나선 평서대원수 군사들이다. 어련히 항복하겠지? 어서 인부와 병부를 내놓아라."

김사용이 칼끝에 조금 힘을 넣자 파랗게 질린 군수가 연신 고개를 주억거렸다. 인부와 병부를 수습한 박성신이 사용에게 말했다.

"이놈은 교활하기 짝이 없는 놈입니다. 이 자리에서 처단해야 뒤가 깨끗할 것입니다."

놀란 군수가 박성신의 바지를 잡고 애걸했다.

"박 첨사, 살려주오. 목숨만 살려주오. 무슨 명이든 받아들이리다."

박성신이 발끝으로 힘껏 그의 가슴팍을 떠밀며 소리쳤다.

"이 무슨 해괴한 짓거리요? 사또면 사또답게 떳떳이 죽을 것이지 무슨 목숨 구걸이요!"

김사용이 말했다.

"지렁이만도 못한 사또로군. 죽이기엔 칼이 아까울 것 같소."

항복한 관장을 죽일 수 없다는 사용의 말이기도 했다.

"이놈은 예사 놈이 아니라오."

박성신이 불만을 토로했지만, 사용이 듣지 않고 옥에 가두라고 명했다.

"박 첨사 말씀이 맞습니다. 뒤에 문제가 생길까 두렵습니다."

뒤늦게 들어온 장홍익까지 처단을 원했지만 이미 사용의 명이 내려진 뒤였다.

관아 창고를 열어 곡식을 꺼내고 옥문을 열었다. 노인과 병든 이는 즉시 석방하고 젊은 죄수들은 봉기군에 편입시켰다. 박성신이 봉기군의 새 곽산 군수가 되었다.

그 사이 이제초는 능한산성을 점령하여 무기들을 거두었다.

그날 밤 김사용은 술과 고기를 풀어 군사들을 위로했다.

"부원수 주무십니까?"

새벽녘이었다. 바깥의 웅성거리는 소리를 듣고 김사용이 이불을 걷어차고 일어났다. 머리맡에 둔 장검을 찾아 쥐고 방문을 열었다.

"무슨 일이냐?"

"군수가 달아났습니다."

군교 출신의 김처곤이었다.

"이영식이!?"

뒤통수를 크게 얻어맞은 기분이었다.

"옥문을 열고 달아났습니다."

"어떻게?"

"옥졸이 죽어 있었습니다."

"가보자."

처곤의 말이 틀리지 않았다. 옥문 앞에는 옥졸 하나가 흥건히 피를 쏟고 엎어져 있었다. 가슴께를 예리한 단검에 찔린 것 같았다.

"장재흥이란 옥졸입니다. 군졸 출신인데 힘 있는 자라 옥을 지키게 했습니다. 하온데 군수의 꾐에 빠졌던 듯싶습니다. 잔뜩 술 냄새를 풍기는 것이..."

김처곤의 설명이었다.

"혼자 세웠단 말이냐? 바보 같으니라고..."

김사용이 버럭 역정을 냈다. 살려뒀던 게 후회스러웠다. 이영식을 놓친 건 장정 오십을 잃은 바나 다름없었다. 무예가 있고 병법에도 밝은 그가 어떻게 반격해올지 예측할 수 없었다.

섣달 스무날(12월 20일) 박천 관아도 봉기군의 손에 떨어졌다. 홍 총각이 이끄는 남군 선봉대가 관아에 쳐들어갔을 때는 이미 군수 임성고가 황급히 서운사로 도망친 뒤였다. 얼마나 급히 달아났던지 내아에는 군수의 늙은 어머니 혼자만 떨어져 있었다. 해 질 무렵, 군수는 결국 절에서 나와 항복했다. 뒤늦게 어머니를 두고 왔다는 사실을 깨닫고는 자식의 도리부터 찾는다고 제 발로 걸어왔던 것이다. 비록 욕심 많은 수령이지만 그 효성이 갸륵해서 홍경래는 인부와 병부만 수습하고 그를 옥에 가두었다.

박천 다음에는 태천과 영변을 칠 차례였다. 태천이야 박천처럼 간단히 접수할 수 있는 고을이었지만 영변만큼은 사정이 달랐다. 지형 자체가 요새인데다 성을 지키는 군사도 많았다. 또 다른 고을보다 성안의 협조자들도 많지 않았다.

우군칙, 이희저 등 참모들의 움직임도 분주해졌다.

저녁 식사가 끝난 뒤였다. 이인배, 김대린 두 장수가 홍총각의 숙소를 찾아왔다. 두 사람은 두 달 전까지도 안주병영에 몸담고 있던 무관들이었다. 다봉동의 소식을 듣고 스스로 병영을 빠져나와 봉기군에 가담했던 인물들이었다.

"홍 장군도 많이 변하셨군요."

홍 총각을 보곤 이인배가 비아냥 투로 말했다.

"변하다뇨?"

"홍 장군까지 태천, 영변을 탐내어 이렇게 채비를 서둘 줄은 몰랐습니다."

"난 또 무슨 말씀이라고... 싸우는 장수야 위에서 시키는 대로 할 수밖에 없지 않소. 나 또한 안주를 먼저 공격한다

면 오죽 좋겠소마는 윗분들이 정한 순서가 그렇지 않으니
할 수 없지요."

"안주를 눈앞에 놔두고 태천, 영변이라니! 이건 스스로
무덤을 파는 짓거리란 말이오!"

김대린이 두 눈을 부릅뜨고 소리 질렀다. 이인배가 그를
거들었다.

"실망했소이다. 그래도 홍 장군만큼은 참모 어른들과 싸
워줄 줄 알았어요. 그분들의 계획이 잘못됐다고 다퉈줄 줄
알았지요. 그런데 명령이니 하는 수 없다고요? 엑끼!"

그가 퉤 하고 땅바닥에 가래침을 뱉었다.

"고정들 하시오. 두 분께서 그렇게 공박하시면 정말 낭패
요. 다투기보다 서로 힘을 합치는 것이 중하다는 걸 아셔야
지요."

총각이 넌지시 그들을 나무랐다. 김대린 또한 물러나지
않았다.

"화합이 대체 뭡니까? 전장에서 장수의 말을 듣지 않고
그른 일만 고집하는 것도 화합을 위한 건가요? 우리가 안
주성을 뛰쳐나와 이 전쟁에 나선 것은 이런 어리석은 전투
를 하기 위해서가 아니라오. 대원수만이라도 우리말을 귀
담아들어 주실 줄 알았어요. 지금이라도 결정을 바꿀 줄 알

앉는데 이게 뭐란 말이오. 이치를 몰라도 이렇게 모른단 말입니까. 홍 장군! 안주를 칠 수 있는 기회는 오늘과 내일뿐이란 말입니다. 모레면 이미 늦어요, 평양에서 서울에서 관군[15] 들이 달려온 뒤에는 우리가 만 명의 철기군을 가졌다 해도 안주성을 공략할 수 없단 말이오. 만백성 수천 봉기군의 운명이 이렇게 위태로운 데 화합은 무슨 화합이란 말입니까. 안주 병영에 몸담았던 우리의 말을 믿지 않고 도대체 누구 말을 믿습니까? 그런데 우군칙 어른은 뭐라는 줄 아십니까? 우리말을 믿을 수 없다는 거예요. 딴 목적을 가진 것 아니냐고 의심까지 해요. 우리가 안주 병영에서 밀령을 받고 온 밀정쯤으로 여기는 눈치랍니다. 이런 개판 같은 전장에서 우리가 어떻게 목숨 걸고 싸우겠습니까. 도대체 누굴 위해 피를 흘려야 된단 말입니까."

둘은 홍 총각에게 말할 기회조차 주지 않고 휭 바람소리를 내며 나가버렸다.

창검을 다루는 무관 장수들과 서책만 읽은 문인 참모들과의 의견 충돌은 이전부터 있었지만 거사 직전 섶섬에서

---

15 관군(官軍): 예전에, 정부의 정규 군대. 관병.

있었던 최종 전략회의에서 가장 크게 부딪쳤다. 이인배, 김대린 뿐만 아니라 김사용, 홍 총각, 이제초, 윤후검 등 무장들은 봉기군을 남군, 북군으로 나누는 것부터 반대했다. 다복동 인근 고을인 가산과 박천을 점령한 뒤에는 곧장 청천강을 건너가 안주 병영부터 무너뜨려야 한다는 것이 그들의 주장이었다. 안주 병영은 평양 이북에서 가장 큰 군사기지였다. 또 안주성은 공격이 쉽지 않은 요새이므로 서울, 평양 등지에서 지원군이 오기 전에 성을 함락하고 그 기세를 몰아 평양, 개성, 서울로 쳐들어가야 한다는 것이 이들의 생각이었다. 그러나 작전의 총책임자인 도총 우군칙을 비롯하여 이희저, 김창시 같은 문인 참모들의 생각은 전혀 그렇지 않았다. 등 뒤에 적을 남겨두고는 안주, 평양으로 진격할 수 없다는 것이 이들의 주장이었다. 하여 봉기군을 남, 북군으로 나누어 북군은 곽산, 선천, 정주를 거쳐 의주까지 손에 넣고 남군은 남군대로 가산, 박천, 태천, 영변 등지를 함락한 뒤 남, 북군이 합세하여 안주로 쳐들어가야 한다는 것이었다.

이렇듯 양측의 주장이 팽팽하게 갈라졌으므로 대원수 홍경래조차도 쉬 결정을 내리지 못했다. 그러나 그날 섶섬회의에서 홍경래는 결국 우군칙의 의견을 따랐다. 봉기군이 안주부터 공격했다간 등 뒤에서 다가오는 적에게 심각한 피해를 볼 수 있다는 이유에서였다.

대원수의 마지막 결정이었기에 참모와 장수들이 그에 승복하기는 했지만, 무관들의 불안과 불만이 온전히 사라진 것은 아니었다. 특히 안주 병영에서 도망쳐 온 이인배, 김대린 등의 반발이 더욱 컸다.

그날 밤이었다.

잠결이었지만 천오장은 분명 문소리를 들었다. 가볍게 끌리는 나뭇결 소리를 들은 듯했다. 오장은 정신을 차리려 애썼다. 귀를 기울였다. 아무 소리도 없었다. 다시 잠을 청하려고 했다.

"윽!"

짧은 비명.

"여봐라!"

뒤이은 고함. 홍경래의 외침이었다. 오장이 튕기듯 몸을 일으켰다. 본능적으로 장검을 빼어 들고 문짝을 열어젖혔다. 쿵, 뭔가 자빠지는 소리가 났다. 칼과 칼이 부딪는 소리. 홍경래 방의 문짝이 떨어졌다.

"오장아!"

대원수의 다급한 외침. 오장이 마루를 건너 경래 방으로 뛰어들었다. 어둠뿐. 아무런 형체도 보이질 않았다. 한순간 공기를 가르는 예리한 소리가 났다. 후딱 오장이 뒷벽으로 물러났다.

"접니다. 오장입니다."

먼저 제 위치부터 알렸다.

"저놈도 죽여!"

낯선 목소리가 뒤따랐다. 칼을 맞은 듯 흙벽이 쏟아지는 소리가 났다.

"웬 놈이냐?!"

대청으로 몸을 비키며 오장이 소리쳤다. 칼을 휘둘러 나머지 문짝을 떨궜다.

"원수님!"

홍경래를 찾았는데 대꾸가 없었다. 그사이 다른 호위 군사들도 잠을 깬 듯 대원수의 방을 에워싸고 있었다.

"어서 불을 켜라!"

오장이 그들에게 외쳤다. 검은 형체 하나가 방에서 튀어나왔다. 그의 칼끝이 오장의 저고리 자락을 갈랐다. 오장이 뒤주 쪽으로 몸을 빼며 칼을 내밀었다. 여전히 아무것도 보이지 않았다. 방 안에서 다시 쇳소리가 났다.

"이놈!"

화난 홍경래의 목소리도 들렸다. 술 냄새, 피 냄새도 풍겼다. 뒤주가 칼에 맞은 듯싶었다. 오장이 다시 몸을 비켰다. 방 안에 하나, 마루에 하나 침입자는 둘이었다.

"불을 켜, 이놈들아!"

마당에서 우왕좌왕16하는 호위 군사들을 향해 오장이 또 소리쳤다. 소리를 듣고 다시 칼을 내리치는 상대를 향해 칼을 뻗었다. 부딪친 칼에서 불똥이 튕겼다. 상대의 기운이 고스란히 오장의 손으로 전해왔다. 예사의 자객이 아님을 알 수 있었다.

"웬 놈이냐?"

주저하지 않고 오장이 다시 칼을 휘둘렀다. 그림자가 뒷문 쪽으로 후딱 물러났다.

"이놈!"

홍경래의 격한 음성. 탁자가 깨지고 도자기가 깨지는 소리가 이어졌다. 홍경래가 방 안의 침범자와 직접 맞서고 있음을 알 수 있었다. 마침내 횃불 두 개가 대청으로 올라왔다. 호위 군사들도 마루로 뛰어올랐다. 뒷문에 버텨선 침입

---

16 우왕좌왕(右往左往): 이리저리 왔다 갔다 하며 종잡지 못함. 이랬다저랬다 갈팡질팡함.

자의 윤곽이 드러났다. 곧게 칼을 앞으로 내민 자세가 빈틈이 없었다. 얼굴이 보이지 않았다.

"다들 원수님한테 가!"

등 뒤로 다가드는 호위 군사들에게 명하고 오장이 침입자와 마주 섰다. 침입자가 오장의 어깨를 향해 칼을 내려쳤다. 그것을 피한 오장이 상대가 자세를 고치기 전에 힘껏 옆구리를 돌려쳤다. 살 속을 파고드는 칼끝의 느낌이 손에 전해졌다. 짧은 신음을 뱉은 침입자가 나무토막처럼 앞으로 엎어졌다. 그자를 호위군들에게 맡기고 경래의 방으로 뛰어들었다. 홍경래가 벽에 기대 서 있고 덩치 큰 사내 하나가 방 한가운데서 경래를 겨누고 있었다. 오장은 주저하지 않고 사내의 등줄기로 장검을 내리쳤다. 뜻밖의 일격을 받고 사내가 방바닥에 넘어졌다.

"원수님!"

사내를 뛰어넘어 경래에게 다가갔다. 홍경래가 쥐고 있던 칼을 떨구었다. 오장이 비틀거리는 경래를 부축했다. 경래의 오른쪽 어깨가 흥건히 피에 젖어 있었다. 저고리를 벗겼다. 아, 오장이 저도 모르게 신음을 뱉었다. 한 뼘가량의 칼자국.

"오장이냐?"

홍경래가 오장의 손을 더듬어 잡았다.

"원수님, 정신 차리십시오! 소인 놈 오장입니다."

"그래, 괜찮다."

"비켜!"

누군가 천오장의 어깨를 잡아챘다. 언제 뛰어왔는지 후군장 윤후검이었다. 그가 경래의 상처를 살폈다.

"물을 끓여라. 마른 쑥이나 된장이 있는지 찾아보고."

평양의 이름 있는 의원 출신답게 후검은 침착했고 손놀림이 잽쌌다.

"군사들이 멀리 떨어져 있게 하게. 보지 못하도록"

홍경래가 오장을 쳐다보며 말했다. 마당엔 벌써 장졸들이 가득 모여 웅성대고 있었다.

"결국 이런 일이 생기고 말았구먼. 내가 좀 더 조심해야 했는데..."

언제 왔는지 홍 총각이 오장에게 중얼거렸다. 자객 둘은 다름 아닌 안주 병영 출신의 이인배, 김대린이었다는 사실도 오장은 총각을 통해 알았다.

"어리석은 놈들, 이렇게 경박하게 굴 줄이야..."

홍 총각은 한 때나마 그들과 의견을 같이했던 것을 깊이 후회했다. 봉기군의 남군이 안주를 공격하는 대신 태천, 영변부터 친다는 사실에 좌절한 두 사람은 이번 봉기가 실패로 돌아갔다고 단정했다. 정부에서 보낸 관군들이 속속 안주로 모여들고 있는 때에 봉기군은 한가하게 시골 변두리 고을이나 점령하고 있으니 이미 형세가 글렀다는 것이 그들의 판단이었다. 전쟁에서 지고 나면 역적으로 지목되어 자신은 물론 가족과 일가친척들까지 다 죽는다는 사실을 아는 두 사람은 아예 그 전에 홍경래를 죽여 그 머리를 안주로 들고 간다는 계획을 세웠다. 그래서 홍경래가 잠든 사이 침소에 숨어들었던 것이다.

홍경래의 방에 들었던 이인배는 천오장에 의해 그 자리서 숨졌으며 대청에서 옆구리를 다친 김대린은 즉각 마당에서 처형되었다.

홍경래의 부상은 심각한 정도가 아니었지만 그 영향은 컸다.

먼저 홍경래를 죽이려 했던 자객이 바로 봉기군의 장수들이었다는 사실에 모두 큰 충격을 받았다. 참모들과 장수들의 의견이 다르다는 사실은 알았지만 그것이 이런 큰일로 번질 줄은 아무도 몰랐다.

봉기군의 사기가 크게 떨어졌다. 대원수 홍경래가 말을 타고 앞장을 설 수 없으니 안주 공격은 더 먼 뒷날로 미룰 수밖에 없었다. 박천에 머물던 봉기군은 눈물을 머금고 대령강을 건너 다복동으로 돌아왔다.

섣달 스무여드렛날(12월 28일).

홍경래 스스로 말을 몰아 강둑에 올라섰다. 호위 기병과 참모들이 천천히 그 뒤를 쫓았다. 후군장 윤후검과 말머리를 나란히 해서 강 너머를 보고 있던 홍 총각이 경래에게 자리를 내주었다.

"움직이느냐?"

홍경래가 물었다. 얼어붙은 청천강 너머로 큼직한 누각 백상루17가 바라보였다. 강 건너에 진을 친 관군들 모습이 개미 떼처럼 보였다. 백상루에도 한 무리의 사람들이 있었다.

"곧 강을 건널 듯합니다. 정탐꾼의 보고에 따르면 아침나절에 성안 군졸들이 모두 성 밖으로 이동했다고 합니다."

총각이 대답했다.

"어느 쪽일 것 같은가?"

---

17 백상루(百祥樓): 평안도 안주의 청천강 가에 있는 큰 정자. 경치를 구경하기 위해, 또 군사를 지휘하는 곳으로 이용되었다.

"풍진나루 쪽일 것 같습니다."

"거기 밖에 없겠지..."

"7백 정도?"

우군칙도 눈대중으로 관군의 수효를 셈하고 있었다.

"강 쪽에 모인 자들만 6백에서 7백입니다."

"숫자가 중요한 게 아니지. 어떻게 싸우느냐가 중해. 눈을 떼지 말고 쥐새끼 움직이는 것까지 살피도록 해!"

홍경래가 가볍게 손을 들어 보이곤 말머리를 돌렸다.

나흘 전(12월 24일) 서울의 조정은 가산에서 반란이 일어났다는 평양감사의 보고를 받고는 이를 진압하기 위한 순무영18 설치를 결정했다. 이요헌을 순무영을 총지휘할 양서순무사로 임명했으며 박기풍을 순무중군으로, 서능보, 김계은을 종사관으로 하여 군사를 출동하도록 하였다. 군사로는 훈련도감의 병마 2초(哨), 보졸 3초, 금위영의 기병 1초, 소모군 2초 등이었다. 1초의 병사가 약 100명에 이르렀기에 서울에서 먼저 출동하는 관군의 전체 숫자는

---

18 순무영(巡撫營): 반란 등을 진압하기 위해 임시로 설치한 군대.

7, 8백에 가까웠다.

26일, 서울에서 출발한 관군은 개성, 평양에서 그곳의 군사들을 합류시킨 뒤 28일 오후에 안주에 도착했다. 안주에서는 원래 이곳에 있던 군사들이 보태지고 또 평안도 여러 지역의 수령들이 저마다 군사를 끌고 와 힘을 더했으므로 어느새 안주에 집결한 관군의 수는 3천

에 가까워지고 있었다.

"이미 결정된 일이야..."

지휘소 쪽으로 멀어져 가는 홍경래를 바라보며 윤후검이 침통하게 말했다.

"그렇죠, 죽기 아니면 살기죠."

홍 총각이 무겁게 고개를 끄덕였다.

박천 송림 들판에서 관군과 맞서 싸운다는 결정을 내린 이도 도총 우군칙이었다. 전처럼 김창시, 이희저 등이 그에 찬동했으며 홍 총각, 윤후검 등 무장들은 또 이를 반대했다. 상대는 훈련된 관군이었다. 그러나 봉기군은 죄다 농사꾼, 배꾼, 장사꾼, 광산꾼 출신이었다. 그동안 군사훈련을 좀 받았다고는 하지만 제대로 된 군인이 아닌 것이다. 이런 봉기군이 강가 벌판에서 관군들과 정면으로 싸우는 것은 말이 되지 않는다는 것이 홍 총각 등의 생각이었다. 이미

안주 공격의 기회를 놓쳐버린 마당에 험한 산을 의지해 싸워도 이길까 말까 한 처지인데 벌판에서의 싸움은 도저히 승산이 없다는 것이 이들 무장의 생각이었다. 그러나 참모들의 생각은 전혀 달랐다. 아무리 관군이지만 먼 길 오느라 지쳤고 또 사기도 높지 않으므로 봉기군이 얼마든지 무찌를 수 있다고 했다.

여러 날 상처를 치료하느라 판단이 흐려진 것일까. 대원수 홍경래조차 또 참모들의 손을 들어주었다. 최후로 송림 전투를 결정한 이도 결국 홍경래였다. 지휘부의 판단과 결정이 그러하니 무장들은 또 죽기로 싸울 수밖에 없었다.

기병 하나가 급히 황토마루를 넘어왔다. 관군이 강을 건너고 있다는 첩보였다.

"가세."

윤후검이 먼저 말고삐를 당겼다.

봉기군의 본거지인 솔숲에서 북소리가 울렸다.

홍 총각은 기병 다섯만 거느리고 풍진나루로 가는 억세밭을 달렸다. 첩보처럼 한 무리의 관군이 빙판이 된 청천강을 건너는 모습이 보였다. 2백은 됨 직했다. 또 다른 한 무리는 강 아래쪽을 건너고 있었다.

"3진이다!"

총각이 낮게 부르짖었다.

봉기군도 관군에 맞춰 셋으로 부대를 나눴다. 홍 총각이 거느린 중앙부대는 안주 우후 이해승이 이끄는 2백 군사를 송림 앞들에서 맞기로 했으며, 윤후검의 부대는 황토마루에 숨었다가 관군의 좌영장 함종 부사 윤욱열의 4백 군사를 기습하기로 했다. 차종천이 지휘하는 또 한 부대는 관군 우영장 순천 군수 오치수의 4백 군사를 맡기로 했다.

홍경래와 참모들은 송림 뒤편 망루에서 전투를 지휘했다. 강 건너 백상루에서도 계속 북소리가 들려왔다. 안주 병사 이해우가 누각에 올라 전세를 살피고 있음을 알 수 있었다.

폭풍전야의 적막감이 두 진영 사이에 흘렀다. 바람까지 기세가 꺾였다. 갑자기 관군 쪽에서 포성이 터졌다. 그것이 신호인 듯 땅을 흔드는 함성이 일었다.

이해승 군이 먼저 공격을 개시했다. 연달아 동서쪽에서도 포성과 함성이 터졌다.

홍 총각의 말이 놀라서 풀쩍 뛰어올랐다. 고삐를 채서 말을 진정시켰다. 기다렸다. 창검을 들고 늘어선 자기 군사들을 둘러보았다. 핏기가 가신 얼굴들. 차돌처럼 굳은 자세들이었다. 괭이로 땅을 파고 쟁기를 끌던 이들, 소금이며 마른 생선을 지고 다니며 장사하던 이들, 금맥을 찾겠다고 굴에서 바위를 깨던 이들, 뱃사공, 대장장이, 약초꾼... 그들이 세상 바꾸는 군사가 되었다고 창검을 움켜쥔 채 강바람 속에서 얼어붙은 듯 꼼짝을 않고 서 있었다. 겁에 질린 표정은 아니었다. 굶주림과 추위, 분노에 떠는 낯빛도 아니었다. 당연히 맞이할 것을 맞이한다는 듯한 무표정. 그들이 총각의 공격 신호만 기다렸다.

솔숲 뒤편에서 다급한 북소리가 울렸다. 출전 신호였다.

"총공격! 나아가 싸워라!"

홍 총각이 칼을 빼어 들며 소리쳤다. 그의 말이 땅을 박차고 뛰어나갔다. 기병들이 그를 뒤따랐고 보졸들이 함성을 지르며 내달리기 시작했다. 어느새 관군은 둔덕 너머까지 밀려와 있었다. 총포 소리가 귀청을 찢었다.

"한 놈 남기지 말고 베어라!"

총각이 허리를 굽혀 치달렸다. 전신의 피란 피가 모두 거꾸로 치솟아 오르는 것 같았다. 총환19 들이 핑핑 귀를 스

---

19 총환(銃丸): 총알.

쳤다. 삽시에 관군 속으로 뛰어들었다. 닥치는 대로 칼을 휘둘렀다. 칼날이 원을 그을 때마다 관군들이 피를 뿜으며 쓰러졌다.

우리 편, 상대편을 구분하지 못할 정도로 두 진영의 군사들이 뒤엉켰다. 비명과 고함, 총성과 창검소리, 말발굽 소리, 북소리로 송림 벌판이 뒤흔들렸다. 흙먼지가 군중을 덮었다.

"이해승은 어디 있느냐? 썩 나서라!"

총각이 다시 말을 박찼다. 달라붙는 자는 모조리 베었다. 약속된 바처럼 차종천의 부대가 관군의 옆구리를 찔러주었다. 큰 몸집의 차종천이 미친 듯 칼을 휘두르며 관군의 허리를 헤집었다. 차츰 관군들이 밀리기 시작했다. 사기가 오른 봉기군은 더욱 거세게 관군을 밀어붙였다. 관군 우영장 오치수가 차종천의 뒤를 공격해서 기세를 꺾으려 했지만 이미 관군의 중앙을 무너뜨린 봉기군의 공세는 막을 수 없었다.

황토마루에서도 좌영장 윤욱열의 군사들이 윤후검에게 밀리고 있었다. 중앙 이해승의 선봉이 무너지자 양 날개도 자연 주춤해지는 상황이었다. 봉기군의 함성이 드높아졌고 홍 총각의 고함도 더 쩌렁쩌렁 울렸다.

마침내 이해승이 북을 울려 중앙 부대를 후퇴시켰다. 봉기군은 공격의 고삐를 늦추지 않았다.

"틈 주지 말고 무찔러라!"

총각의 갑옷은 어느새 피로 범벅이 돼 있었다. 구슬땀이 흘렀다. 이대로만 싸우면 적을 전멸시킬 수 있다는 생각이 들었다.

갑자기 요란한 나팔 소리가 났다. 맹렬한 북소리가 뒤따랐다. 황토마루 쪽이었다. 이어서 천지를 뒤흔드는 총포 소리와 함께 함성이 터졌다. 언덕 너머에서 흙먼지가 치솟았다.

총각이 놀라 급히 말고삐를 당겼다. 그쪽에는 더 이상 관군이 있을 수 없었다. 그런데 군사들이 개미 떼처럼 언덕을 넘어 쏟아져나오고 있질 않은가! 한눈에 봐도 5백이 넘어 보였다. 그들은 손쓸 틈조차 주지 않고 윤후검의 부대를 덮쳤다. 난데없는 기습에 후검의 군이 두 쪽으로 짝 갈라졌다. 쓰러지고 달아나는 자들이 무수했다. 홍수에 밀리는 흙담 같았다.

"군을 빼라!"

총각이 명했을 때는 이미 사태는 걷잡을 수 없는 지경이었다. 후검의 부대가 무너지는 것을 보고 중앙 선봉대가 공세를 늦추는 사이 이해승의 군사들이 재빨리 역공[20]을 취해왔다.

"물러나라!"

자칫하면 선봉대가 포위당할 수 있었다. 후퇴를 명하지 않을 수 없었다. 기병들이 먼저 솔숲으로 물러났다. 보졸들이 갑자기 우왕좌왕 흩어졌다.

"홍 장군도 어서 피하시오! 도리 없소."

윤후검이 달려오며 소리쳤다. 망루 쪽에서도 후퇴를 알리는 북소리가 울렸다. 관군들은 세 방향에서 몰려들었다. 총각도 어쩔 수 없음을 느꼈다.

"졌어!"

총각이 비통하게 내뱉었다.

"말이 안 돼, 이럴 수가..."

"잠복한 줄 몰랐소. 이영식 그놈이오."

윤후검의 말이었다.

"이영식이라니?"

"곽산 군수 그놈. 김사용 장군이 놓쳤다는..."

---

20 역공(逆攻): 공격을 받던 편에서 맞받아 역으로 하는 공격.

"그새 그놈이 안주로 달아났단 말이오?"

"그렇지요. 꾀 많은 놈이 그렇게 매복하고 있었던 거지요."

"원통합니다."

"하는 수 없소. 회군했다가 다시 나설 수밖에..."

송림 군막에서도 회군을 서두르고 있었다. 벌써 말에 오른 홍경래, 우군칙, 이희저, 김창시 등이 침통한 얼굴로 홍총각을 기다리고 있었다. 지휘부에 모인 군졸들도 모두 공포에 질린 표정이었다. 수습된 군사의 수효가 7백도 되지 않는 듯했다.

"면목 없습니다. 대원수님"

총각이 홍경래 앞에서 고개를 숙였다. 경래는 아무런 대꾸가 없었다. 우군칙이 장정들에게 명했다.

"전 장졸들에게 회군을 명한다. 서둘러라. 군량고와 병기고는 모두 불태운다!"

지휘부가 앞서 군막을 떠났다. 천오장의 호위 기병들이 횃불을 만들어 군기고21로 쓰던 초가지붕에 던졌다.

---

21 군기고(軍器庫): 군사들이 사용할 무기를 보관하는 창고.

기병들이 앞서 대령강을 향해 달렸다. 초가 마을은 어느새 불길에 휩싸였다.

"어서 가자구. 아직 끝난 게 아니야." 불길을 보며 우두커니 서 있는 홍 총각에게 말고삐를 전해 주며 윤후검이 말했다.

"끝장이야."

총각이 말 등에 몸을 얹으며 혼잣말인 양 내뱉었다.

3. 정주성을 지켜라!

거의 종일을 행군한 끝에 어두운 밤중에야 정주성에 입성했다. 가산에서 북쪽으로 20리 떨어져 있는 정주는 청천강 이북에서도 손꼽히는 큰 고을이었다.

봉기군이 정주성에 들 때는 성 밖에 살던 농민들뿐만 아니라 인근 고을에서 도망친 사람들, 떠돌이 주민들까지 모두 군을 따라 성안으로 들어왔다. 그들이 켜든 횃불이 성안 큰 거리를 환하게 비췄다. 성 밖에 그대로 남아 있다간 뒤쫓아 오는 관군들에게 시달릴 수밖에 없다는 것이 그들의 생각이었다. 그동안 나라의 관리들은 백성을 위해 있은 적이 없었다. 백성을 살리고 돕는 관리가 아니라 오히려 뺏고 억누르고 위협하던 그들이었다. 죽어도 다시는 그들의 손에 죽을 수 없다는 절박한 심정으로 그들은 홍경래를 따라 성에 들어왔다. 봉기군이 바로 그들의 군대였다. 얼마 전까지만 해도 이웃에서 돼지를 키우던 이가 이끄는 군대요, 어제까지만 해도 참빗 장수에 지나지 않던 이가 군사가 된 군대였다. 한 날을 살아도 그들의 따뜻한 세상에서 살고 싶었다. 그들과 같이 싸우다 죽으면 여한이 없을 것 같았다.

길고 긴 횃불의 행렬이었지만 환호도 떠들썩함도 없었다. 수천의 움직임에도 불구하고 조용하기 짝이 없었다.

홍경래는 시종 말이 없었다. 따로 내리는 명령도 없었다. 수백 리 행군에 조금 지친 듯한 기색이었지만 마중 나온 정주 수뇌들과는 따뜻하게 인사를 나눴다. 최이륜, 김대례, 이침 등 정주를 지키던 이들도 별다른 얘기를 하지 않았다.

지치고 다친 군사들이 동헌 앞 너른 마당에 저마다 펑퍼져 앉고 누운 뒤 홍경래는 일찍 내아로 들어가 버렸다. 마당 가운데는 장작불이 피워져 있었다.

북군의 김사용이 송림 패전의 소식을 들은 것은 철산 고을을 접수하던 바로 그날이었다. 하늘이 무너지듯 한 절망감을 가졌지만 누구에게도 내색하지 않았다. 홍경래의 본대가 정주성에 들었다는 소식을 듣고는 봉기의 성패가 오로지 자신의 손에 달렸다는 생각만 했다. 남쪽에서 잃은 것을 북쪽에서 얻겠다는 결의도 있었다. 압록강 의주까지 점령하여 청천 이북을 깨끗이 하고 나면 새로이 관군을 맞설 힘을 가질 수 있다는 계산도 있었다.

정월 초사흘(1812년 1월 3일). 의주로 다가가는 마지막 고을 용천을 접수하기 위해 그 관문인 용골 산성을 함락시켰다. 빼어난 요새인 용골 산성은 용천 부사 권수가 수성군[1] 3백을 거느리고 완강히 저항하였으므로 김사용, 이제초도 쉽게 성을 점령할 수 없었다. 직접 공격을 피하는 대신 맞은편 산에 허수아비 병사들을 세워 군세가 대단함을 자랑하는가 하면 밤에는 성을 지키는 군사들의 부모를 모셔 와 아들의 이름을 부르며 울게 하였다. 이러길 이틀 만에 권수가 성을 방어하기 어렵다는 걸 알고 혼자 의주로 달아났다. 초엿샛날(1월 6일) 북군은 의주 접경 소곶까지 나아갔다. 이곳에서 처음으로 관군의 맹렬한 저항을 받았다. 김견신이 이끄는 의주 군사들이 하천을 돌아들어 와 북군의 앞뒤를 끊어버렸다. 북군은 앞뒤가 나눠진 채로 용감히 싸웠지만 잘 훈련된 의주 군사들을 당할 수 없었다. 병사들이 한곳에 집결하기도 전에 봉기군은 갈가리 찢기고 말았다. 김사용, 이제초는 양책으로 후퇴하지 않을 수 없었다. 그런데 김견신은 봉기군 북군이 남쪽으로 내려가지 못하도록 이번엔 양책을 막아서고 있었다.

---

1 수성군(守城軍): 성을 지키는 군사

한편, 송림 전투에서 승리를 거둔 관군은 1월 4일 정주 성 밖에 도착하여 성을 둘러쌌다. 사흘 뒤 군수 이영식이 5백의 군사를 이끌고 전날 자신이 빼앗긴 곽산을 공격하였 다. 곽산을 되찾음으로써 남북 봉기군의 가운데를 끊어버 린다는 작전이었다. 겨우 2백여 명의 군사로 곽산을 지키 던 박성신은 이영식 군을 당하지 못하고 선천으로 몸을 피 했다. 손쉽게 곽산을 차지한 관군은 김사용의 북군이 남쪽 으로 내려오지 못하도록 사송야에 방어선을 설치했다.

박성신으로부터 곽산을 빼앗겼다는 보고를 받은 김사용 은 정주로 통하는 길을 트기 위해 이제초에게 천 명의 군사 를 주어 곽산으로 달려가게 했다. 양책에서 김견신의 방어 선을 뚫은 이제초는 운흥참에 잠복하던 관군을 전멸시키고 관현 고개를 넘었다. 관현 아래가 사송야였다. 이곳에는 벌 써 윤욱열 군이 진을 치고 이제초를 기다리고 있었다. 이제 초는 관군이 밀집해 있는 전방 야산을 향해 군사를 몰았다. 황량한 벌판이었다. 돌들이 많아 보졸들은 물론 말들도 제 대로 속력을 내지 못했다.

"저놈들을 다 죽이면 우리들 세상이다!"

이제초가 선두에 달리며 소리쳤다. 기병들이 먼저 야산 으로 달려들었으며 보졸들이 그 뒤를 쫓았다. 봉기군의 위세에 놀란 관군들이 주춤 뒤로 물러났다.

"고지를 잡아야 한다!"

산마루로 올라가야 승산이 있었다. 봉기군이 일제히 산비탈을 뛰어올랐다. 그 순간, 기다렸다는 듯이 산마루에서 바윗돌들이 굴러 내려왔다. 관군의 북소리가 요란해졌다.

"장군, 위험합니다!"

이제초를 뒤따르던 채유린이 소리쳤다. 관군의 모습이 까맣게 산마루에 나타났다. 백마를 탄 함종 부사 윤욱열의 모습이 보였다. 함종 군에다 이영식의 곽산 군이 보태진 것 같았다. 이제초가 말을 빼며 봉기군을 수습했다. 그때 이영식의 스물 기병이 봉기군의 앞머리를 쳐왔다.

"맞서 싸워라!"

이제초가 정면으로 이영식을 마주했다. 산비탈에서의 격전이었다.

"네 놈이 개천 멧돼지 이제초렷다!"

이영식이 먼저 제초의 어깨를 향해 칼을 내리쳤다.

"여우 같은 놈, 자식까지 내팽개치고 혼자 살겠다고 달아난 놈이구나."

이제초가 그의 칼을 받아내며 가슴팍을 찔렀다. 영식의 방패가 칼끝을 막았다. 방패에서 불꽃이 튕겼다. 흠칫 밀리는 영식의 기운을 느꼈다. 틈 주지 않고 그를 밀어붙였다. 나름 칼솜씨를 지녔다는 이영식도 제초의 힘을 견뎌내지 못했다. 네 합을 겨룬 뒤 영식이 몸을 뺐다. 그가 도망치는 모습을 보고 관군 기병들도 일제히 말머리를 돌렸다. 장군대 쪽으로 달아나기 시작했다. 그들을 추격하려는 이제초를 보곤 채유린이 황급히 막아섰다.

"함정입니다. 쫓지 말고 우리부터 수습해야 합니다."

"함정은 무슨 함정, 저런 놈은 당장 죽여야 해."

제초가 채유린을 뿌리쳤다. 갑자기 산 위에서 비 오듯 화살이 쏟아졌다.

"벌판으로요, 어서!"

채유린이 제초의 말을 당겼다. 말 머리 앞에 후두둑 화살이 떨어졌다. 화살을 뚫고 말을 달렸다. 무수한 봉기군이 쓰러졌다. 도랑을 건너뛰기 전 채유린이 등에 화살을 맞고 말에서 떨어졌다.

"채 군관!"

이제초가 비명을 지르며 말에서 뛰어내렸다. 엎어진 채유린을 껴안고 어깨를 흔들었다.

"가망 없어요. 이 장군. 어서 여길 피하십시오."

채유린이 꺼져가는 음성으로 말했다. 산 위에서 관군들

이 개미 떼처럼 밀려 내려오고 있었다. 제초가 유린을 얼음 판에 뉘어놓고 말에 올랐다. 봉기군은 벌판 가운데로 달아나고 있었다. 갓 끌어들인 농부들로 이룬 부대인지라 관군들의 단 한 번 반격에도 크게 놀라 도망칠 궁리부터 했다.

"서림성에서 정주로 가는 길을 뚫어놓지 못하면 진짜 끝장이다."

이제초가 주득을 불렀다. 예전 황골령에서 산적질을 하다가 김사용한테 끌려 나와 봉기군에 들어온 주득이었다.

"네가 앞서 달려가서 달아나는 자들을 막아라. 여기서 흩어지면 죽음밖에 남는 게 없다."

배수진2을 치기로 마음먹었다. 눈앞이 관현 고개였다. 더 이상 물러날 데가 없었다. 그사이 함종, 순천, 개천의 장사군을 선봉으로 한 관군들이 달아나는 봉기군의 후미를 짓밟고 있었다.

이제초가 말을 달려 장사군 속으로 뛰어들었다. 닥치는 대로 칼을 휘둘렀다. 순식간에 장사군 서넛이 피를 흘리며 쓰러졌다. 이제초의 용맹을 본 봉기군이 대열을 정돈했다.

---

2 배수진(背水陣): 더 이상 물러날 수 없는 곳에서 온 힘을 다해 싸우게 함. 그렇게 군사를 배치하는 것.

마침내 이제초가 갑옷을 입은 상대 장수와 마주했다.

"네 놈이 이제초구나. 네놈도 오늘이 끝이다. 나는 소모
군관 김재명이다. 이름이나 알아둬라."

젊은 장수가 벙긋 웃었다. 그는 이리저리 몸을 움직여 잘
도 제초의 칼을 피했다. 그러나 제초의 힘 앞에서는 재주가
통하지 않았다. 마침내 그도 진땀을 흘리며 둔덕 쪽으로 뒷
걸음쳤다. 어느새 둘만 군중에서 떨어져 나온 꼴이었다. 이
제초가 잠시 숨을 가다듬는 사이 그가 둔덕 너머로 뛰어내
렸다. 제초가 그를 좇았다. 한순간 말이 비명을 지르며 솟
구쳤다. 제초가 고삐를 놓쳤다. 몸이 허공으로 솟았다가 떨
어졌다. 눈앞이 아찔했다. 애써 몸을 일으키려 애썼지만 허
리가 펴지질 않았다. 흙모래를 움켜쥐며 고개를 들었다. 하
나, 둘, 셋... 갑옷 차림의 관군 셋이 창을 겨누고 서 있었
다. 그중에 김재명도 있었다. 둔덕 너머에 복병들이 기다리
고 있었음을 몰랐다. 김재명이 거짓으로 물러나며 이제초
를 유인했음을 알 수 있었다. 억울하기 짝이 없지만 돌이킬
수 없는 일이었다.

"쥐새끼 같은 놈들..."

한 번 더 몸을 일으키려 애썼다. 팔을 쓰기도 전에 팔과
다리가 한 데 엉켜버렸다. 관군 하나가 그물을 던져 산짐승

잡듯이 제초의 몸을 얽어버렸던 것이다. 이제초가 미친 듯 울부짖었지만 소용이 없었다. 뒤늦게 그는 자기가 타던 말이 가슴 줄기에 창이 꽂힌 채 쓰러져 있는 모습을 보았다. 둔덕 너머에 잠복하다가 제초의 말을 찌른 두 사내는 장사 군관 김계묵과 박종묵이었다.

"어서 날 죽여라! 내 원혼이 네놈들 쓸개를 씹을 것이다."

처참하게 죽은 말을 보곤 제초가 또 한 번 울부짖었다.

"걱정하지 말게, 개천 멧돼지. 이젠 어느 씨름판에서도 네 놈 모습은 볼 수 없겠구먼. 살려서 끌어가고 싶다만 네 놈 덩치가 너무 커서 힘에 부친단 말이야. 사실 필요한 건 네 머리 하나뿐일세."

김재명이 칼을 높이 쳐들었다.

등과 가슴, 허벅지로 무수히 창을 받으면서도 이제초는 끝끝내 눈을 감지 않았다.

홍경래는 정주성의 모든 성문을 굳게 닫아걸고 성문 밖에는 방책을 세웠다. 성안 곡식만으론 식량이 부족할 것 같아 돈을 풀어 양식들을 사들였다. 성안의 장정들은 모두 군사로 삼아 성을 지키게 했다. 이젠 정주성이 봉기군의 마지막 거점이었다. 이 성이 무너지면 모든 것이 끝장이었다.

다행히 정주성은 청천강 이북에서 손꼽히는 힘한 요새였다. 바다를 향한 남문 한쪽만 평지일 뿐 나머지 세 방향에는 산이 솟아 있어 자연의 성을 이뤘다. 산마루로 이어진 돌 성은 오랜 기간 적의 침범을 막아온 철옹성이었다. 둘레가 43리 높이가 15척이었다. 성문이 넷, 수구문이 둘, 포를 쏠 수 있는 포루가 21군데 있었다. 성 밖으로는 또 달천 여울이 있어 성을 감싸주었다.

관군들은 이미 성을 포위하고 있었다. 송림 전투에서 승리한 안주 관군은 박천, 가산을 수복하고 다복동을 불태우고 진군하여 정월 초사흘(1월 3일)에 달천 동쪽 이횡산 아래에 진을 쳤다. 서울에서 내려온 순무영 군사는 11일 달천교를 넘어왔다. 중군 박기풍 휘하의 기병, 보졸이 7백이요 개성 군사가 3백이었다. 여기에 가산 군사 340, 박천 군사 3백이 합세했다. 갑옷 차림의 말 탄 자만 5백이 넘어보였다. 군량을 실은 수레가 줄을 이었고 군악 소리가 떠들썩했다. 서울 군은 이언평에다 진을 폈다.

홍경래는 수시로 성 위를 돌며 관군의 형세를 살폈다. 아직 관군의 본격적인 공격은 없었지만 경래는 만반의 대비를 했다. 관군이 성을 공격할 때 사용치 못하도록 바깥 성벽 근처에 있는 집들을 모두 무너뜨렸으며 성 위에는 돌과 화살, 몽둥이 등을 쌓아두었다. 군사 배치도 마쳤다. 홍경래 자신이 서장대를 지키고 우군칙은 서문을 맡았다. 가장 중요한 남문과 북장대는 윤후검과 홍 총각이 각각 맡았으며 동문은 이제초의 아우 이제신이 지켰다.

성안으로 도망쳐 오는 사람들이 들려준 소문에 의하면 관군들이 차지한 성 밖 세상은 지옥과 다름없었다. 군기가 빠진 군사들이 예사로 백성들의 물건을 뺏어가고 함부로 폭력을 휘두른다고 했다. 봉기군을 색출한다면서 사방 통행로는 다 끊었으며 남정네란 남정네는 모두 잡아들여 문초하며 조금이라도 의심스러우면 가혹한 매질을 한다고 했다.

한편 거사와 동시에 전격적으로 곽산, 정주, 선천, 철산, 용산 등의 고을을 휩쓸었던 김사용의 북군은 소곶 전투, 사송야 전투의 패배로 걷잡을 수 없이 흔들리고 있었다. 이제초의 죽음이 결정적인 타격이었다. 김사용이 서림성으로 후퇴했지만 용천, 철산을 되찾은 관군은 이제 서림성까지 쇠어왔다.

1월 14일 서림성마저 함락되었다. 북문과 남문 밖에 진을 치고 있던 의주 관군들이 일시에 성문을 불태우고 쳐들어왔던 것이다. 성문이 무너지자 서림장 김운룡은 쌀과 비단 등을 싣고 저 혼자 달아나 버렸다. 장수들이 먼저 전의를 잃고 도망치자 봉기 군사들은 저마다 제 살길을 찾아 달아났다. 김사용은 남은 군사를 이끌고 동림성으로 피할 수밖에 없었다. 이런 상황에서도 부원수 김사용과 참모 김창시의 의견이 엇갈렸다. 흩어진 군사를 수습해 관군과 일전3을 벌려야 한다는 것이 김사용의 주장이었지만 김창시, 장홍익 등이 이에 반대했다. 천 명도 안 되는 군사로 관군과 맞설 수 없다는 이유에서였다. 성을 비우고 군사를 해산시켜 따로따로 정주성으로 가야 한다는 것이 이들의 고집이었다.

결국 김사용이 이들의 뜻을 받아들이지 않았으며 김창시는 김창시대로 편지 한 장만 남겨놓고 밤중에 사라져 버렸다. 강계 정시수한테 가서 군사를 얻어오겠다고 편지에 적었지만 그 말조차 믿을 수 없었다. 김사용은 하늘이 무너지듯 한 절망감을 느꼈다. 이른바 글을 읽었다는 자들을 믿을 수 없었다. 따져보면 김사용 자신이 그런 선비였다. 제아무

---

3 일전(一戰): 한바탕의 싸움.

리 행세를 낮춰도 백정이 되지 못하고 뱃사공이 되질 못했다. 그런 자들이 어떻게 농사꾼, 광산 일꾼들과 한 몸이 되어 싸울 수 있겠는가. 이제 다른 방도가 없었다.

"죽기를 각오하고 싸울 자들만 정주로 간다."

김사용이 마침내 결단을 내렸다. 이런 군세와 사기로는 도저히 앞뒤 관군을 당하지 못한다고 생각했다. 그럴 바에야 정주성에 가서 홍경래에게 힘을 보태는 것이 나았다. 그는 곧 성안 군사들에게 해산을 명했다. 사방의 길이 끊어져 있으므로 무리 지어 정주로 갈 수는 없었다. 뿔뿔이 흩어져 제각기 정주로 가는 길을 찾아야 했다. 김사용은 창고를 열어 병사들에게 곡식을 나눠주었다. 가져갈 수 있을 만큼 맘껏 가져가게 했다. 군사들이 흩어지는 것을 본 뒤 김사용도 성을 빠져나왔다. 말도 버렸다. 창성 포수 강석구가 사용을 따랐다.

이제초, 박성신의 잘린 머리가 달천 둑 위에 걸렸다. 긴 창끝에 꽂힌 머리가 남문을 바라보고 있었다. 이제초는 북군의 선봉장이요, 박성신은 봉기군의 곽산군수였던 장수였다. 여남은 관군이 그 창대를 빙빙 돌며 춤을 춰댔다. 홍경래는 남문 누각의 난간을 짚은 채 그 모습을 넋 놓고 바라보았다. 절로 눈물이 뺨을 타 내렸다. 이제신이 제 형의 잘린 머리를 보곤 땅바닥에 퍼질러 앉고 말았다.

"대원수님, 절 내보내 주십시오. 제가 저놈들을 모조리 잡아 죽이겠습니다. 저를 내보내 주십시오. 형님의 머리만이라도 수습해 올 수 있도록..."

그가 홍경래의 다리를 붙잡고 애걸했다. 못 본 체 경래가 고개를 돌렸다. 봉기군의 궁수 하나가 관군을 향해 화살을 날려보았지만 화살은 중간 지점에도 미치지 못했다.

"우리도 응수해야겠습니다. 병사들의 사기를 위해서도..."

우군칙이 말했다.

"군사를 내보내잔 말씀입니까?"

"우리도 같은 방법을 써야지요."

"어떻게?"

"우리한텐 백경한이 있잖습니까."

"좋은 방법인 듯합니다."

이희저가 거들었다.

"백경한..."

백경한은 정주성이 봉기군에게 함락된 뒤에도 끝내 봉기군에게 저항한 선비였다. 성안 양반들을 충동질해 봉기군에게 덤빌 계략까지 짰던 고집 센 노인네였다. 그의 동생

백경해는 곽산군수, 운수군수를 거쳤다. 곽산군수를 할 적에는 홍 총각의 아버지를 잡아다 독하게 매질을 하는 바람에 그 아비가 목숨을 잃었다.

홍 총각의 얼굴을 떠올리며 홍경래가 고개를 끄덕였다. 허락이었다.

"참모가 알아서 하시지요."

백경한의 잘린 머리가 남문 누각에 걸리던 그날 밤, 관군이 성을 공격해 왔다. 2백이 넘는 군사가 동문으로 다가와 마구 총을 쏴대었으며 남문 쪽에도 3백여 명이 몰려들었다. 먼저 불화살을 날리며 함성을 지르다가 이어 총을 쏘며 달려들었다. 대완구, 지진포 같은 포를 터뜨리기도 했다. 봉기군은 관군이 성벽에 다가오기 전까지 일절 대응을 안 했다. 적이 50보 거리 안으로 들어왔을 때야 비로소 화살과 총환을 날렸다. 성벽에 달라붙으면 뜨거운 물을 붓고 돌덩이를 던졌다. 여러 차례 관군이 성벽에 다가들었지만 봉기군의 완강한 저항을 받곤 번번이 물러났다.

이후도 관군들의 공격은 이틀이 멀다 하고 이어졌다. 천 명 이상의 대군에다 전차까지 동원하는 경우도 있었지만, 대개는 3, 4백 군사로 공격의 흉내만 내는 경우가 더 많았다.

2월 4일. 관군이 전에 없던 대규모 공세를 취해왔다. 진눈깨비가 내리는 이른 새벽 시간이었다. 동서남북 모든 방향에서 공격했다. 순무영 중군에서 안주 병사로 벼슬을 옮긴 박기풍과 정주 목사 서춘보, 새로 순무영 중군이 된 이정회가 남문으로 쳐들어왔고 삭주 부사 윤민동이 동문으로, 새로 중화 군수가 된 김견신이 북장대 쪽으로, 함종부사 윤욱열이 서문으로, 순천부사 오치수가 서소문을 치는 형세였다. 남문 쪽으로는 두 대의 전차까지 굴러왔다. 총 네 대의 전차를 만들었지만 두 대는 성에 다가오기도 전에 바퀴가 빠져버렸다. 3층으로 된 전차는 높이가 엄청나서 성벽에 닿기만 하면 층층에 있는 군사들이 성을 타 넘을 수 있었다. 성에서 쏘는 화살을 막는다고 층마다 철판과 쇠가죽을 쳐놓았다. 전차가 남문 가까이 이르자 전차에 타고 있던 관군들이 성을 향해 총을 쏴댔다. 갑자기 전차 한 대가 기우뚱 기울어졌다. 바퀴를 건 이음대가 부러졌다. 다른 한 대는 힘겹게 남문에 다가섰다. 남문 누각을 지키던 윤후검이 공격 명령을 내렸다. 몸을 숨기고 있던 봉기군이 일제히 돌을 던지고 끓는 물을 부었다. 가죽과 철판으로 방어막을 치고 있었지만 전차는 봉기군의 집중 공격을 견뎌내지 못했다. 전차를 밀던 졸개들부터 달아났다. 이음대가 부러져 움직이지 못하는 전차를 향해서도 불화살이 쏟아졌다.

북장대 쪽에서도 관군은 성벽에 다가들지 못했다. 봉기군이 쏴대는 화살이 이를 허락하지 않았다. 서문과 동문에서도 상황은 비슷했다.

온종일 이런 전투가 되풀이되었다. 관군이 아무리 기를 써 봐도 높은 성벽을 뚫을 수 없었고 성 위에서 쏟아지는 화살과 돌 세례를 감당할 수 없었다. 바람과 진눈깨비마저 더 심해지자 관군은 결국 군사를 돌렸다. 관군의 대열이 점차 성에서 멀어질 무렵, 성에서는 때아닌 풍악 소리가 울렸다. 성에 오른 봉기군들이 풍악 소리 사이사이 한꺼번에 소리를 질러댔다. "박기풍 허리 병신, 서춘보 바보 멍텅구리, 오치수 염병 걸릴 놈, 김견신 벼락 맞을 놈…" 물러나는 관군을 향해 있는 욕 없는 욕을 퍼부었다. 관군이 다 떠난 뒤에는 봉기군이 성문을 열고 나와 그들이 버리고 간 창과 칼, 총포 등을 거두어들였다.

3월 20일. 홍경래가 친히 봉기군 1,200을 거느리고 북장대에 집결했다. 날이 쾌청했다. 벌써 성안에도 봄기운이 감돌았다. 오래 제대로 먹지도 못한 장졸들이었지만 오늘 한판의 전투에서 삶과 죽음이 나눠진다는 것을 알았기에 모두 굳은 얼굴로 대원수의 출전 명령을 기다렸다. 사기는 높았다.

　북장대에 올랐던 사수가 홍경래의 손짓을 보곤 하늘 높이 불화살 하나를 날렸다. 이것이 신호였다. 서문 쪽에서 먼저 함성이 터졌다. 이내 성문이 열렸고 기다리고 있던 5백의 홍 총각 군이 성 밖으로 달려 나갔다.

　총각이 앞장을 선 30여 기병들이 의주 군대를 향해 돌진했다. 홍 총각의 서문 출격은 어디까지나 홍경래의 북문 출병을 눈가림하기 위한 위장 전략의 하나였다. 그러나 홍 총각의 속마음은 달랐다. 이 기회에 허항이 이끄는 의주 군을 모조리 쳐부순다는 욕심이 있었다. 기병들이 먼저 방책을 뚫고 의주 군 중앙으로 쳐들어갔으며 뒤쫓던 사수들이 불화살을 날렸다. 의주 군막이 불바다로 변했다. 의외의 기습에 의주 군은 금세 혼란에 빠졌다. 무장도 못 한 관군들이 불길을 피해 뛰어나왔다. 군마들이 놀라 달아났다.

　"허항 이놈 어디 있느냐?!"

　홍 총각이 칼을 휘두르며 소리쳤다. 문득 언덕 위에 선 기병 다섯을 보았다. 진을 수습하고자 고함을 질러대는 걸 봐서는 적의 장수임이 분명했다. 총각이 언덕을 향해 말을 몰았다. 기병 둘이 총각을 막아섰지만 총각의 상대가 되질 못했다. 둘을 쓰러뜨리고 장수에게 다가들었다. 짐작대로 허항 그자였다. 원래는 의주 뒷거리에서 술만 퍼마시던 자인데 난리가 일어나자 공을 세워보겠다고 패거리를 모아 관군에 붙은 작자였다.

"총각 네 놈이구나!"

허항도 총각을 알아보곤 빙긋 웃음을 지었다. 총각이 머뭇대지 않고 그에게 달려들며 칼을 휘둘렀다. 허항이 말머리를 빼며 총각의 칼을 받아냈다. 이번엔 그자가 먼저 공격을 해왔다. 힘은 세지만 솜씨가 무디다는 걸 알 수 있었다. 틈을 주지 않고 공세를 취했다. 이내 그의 거친 숨소리가 들렸다. 일곱 합을 넘기자 허항이 비로소 겁먹은 빛을 보였다. 뒤늦게 등을 보이며 달아나기 시작했다. 총각이 그를 쫓았다. 자갈밭을 건너고 건초더미를 돌았다. 문득 그의 커다란 등판이 보였다. 등을 향해 칼을 내리쳤다. 피가 튀겼다. 허항이 짚단처럼 말 위에서 떨어졌다. 총각이 말고삐를 당겼다. 건초더미에 머리를 처박은 허항은 꼼짝도 하질 않았다. 홍 총각은 오랫동안 그의 주검을 내려다보았다. 북소리가 가까워지고 있었다. 서소문 밖에 진을 쳤던 오치수가 허항을 구하러 오고 있었다.

한편 홍경래는 허항의 진에 불길이 오르는 것을 본 뒤에야 북문 밖으로 군사를 몰고 나갔다. 관군들이 허항 쪽에 신경을 빼앗기고 있는 사이 함종 진을 부순다는 것이 그의 계획이었다. 경래가 칼을 빼들고 선두에 달렸다. 천오장의 호위 기병, 우군칙 등도 말을 박찼다. 1500 봉기군이 내지르는 함성이 천지를 뒤흔들었다. 함종 진은 허항의 진에 비할 바 없이 규모가 컸다. 함종 부사 윤욱열이 기병 35에 보졸 1500을 거느린 데다 의병장 행세를 하다가 새로 태천 현감이 된 김견신의 군사 300, 전 부사 민수현의 군사 200 등 전체 2000이 넘는 군세였다. 그런 함종 진도 봉기군 주력부대의 기습은 생각하지 못 한 것 같았다. 방책이 무너질 때까지도 아무런 저항을 못 했다. 경래가 호위 기병들을 거느리고 군막들 사이로 달리며 곳곳에다 횃불을 던졌다. 군량소부터 불길에 휩싸였다. 관군 기병들이 뒤늦게 홍경래에게 덤벼들었지만 천오장의 호위 기병들에게 무참히 쓰러졌다. 함성과 비명, 고함, 말발굽 소리, 불타는 소리... 한순간에 함종 진이 아수라장으로 변했다. 사방이 불바다였다.

"윤욱열이 나와라! 김견신, 어디 있느냐!"

오랜만의 전투에 신바람이 난 듯 천오장이 고함을 질러댔다. 홍경래가 가운데 군막을 치고 들어갔다. 갑옷 기병 둘을 발견하곤 하나는 경래가 맡고 다른 하나는 천오장이 맡았다. 서넛 번 칼을 휘둘러 그들을 처치했지만 찾고 있는 윤욱열, 김견신은 아니었다.

"일단 군을 뽑아라. 진을 다시 갖춰야겠다."

홍경래의 명을 받은 고수가 북을 울렸다. 재정비가 필요했다. 대오를 다시 갖춘 뒤에는 또 격전을 벌였다. 전투는 한나절 계속됐다. 함종 진이 거의 무너질 무렵에야 본진에서 순무 중군 이정회가 천 명의 군사를 거느리고 달려왔다. 그제야 홍경래는 봉기군의 철수를 명했다.

군사가 모두 성으로 돌아온 뒤에는 다시 성문을 굳게 닫아걸었다. 성안은 잔칫날 분위기였다. 허항의 죽음, 쑥밭이 된 함종 진... 봉기군의 대승리였다. 싸우면 이긴다는 자신감이 봉기군에 넘쳐났다. 해가 진 뒤, 홍경래는 남아 있는 고기와 술을 풀어 병사들을 위로했다. 오늘 전투에서 적에게 뺏어온 식량만도 성안 사람들이 사흘은 먹을 분량이었다.

사월 초이튿날(1812년 4월 2일). 남문을 열고 여자와 어린아이 2백여 명을 성 밖으로 내보냈다. 성안엔 이미 먹을 것이 얼마 없었다. 죄 없는 그들에게 함께 굶어 죽자고 할 수도 없었다. 성을 나가도 목숨은 건질 여자와 아이들만 택했다.

군사 한 명에게 한 홉씩 배급하던 곡식을 반 홉으로 줄였다. 군량소의 남은 곡식으론 한 달을 더 버틸 수 없었다. 성에 들어온 지 어느새 넉 달이었다. 바깥에서 곡식을 실어 올 수도 없었다. 하루 다르게 관군의 전열이 정비되는 데다 새로 보태지는 관군의 숫자도 날마다 늘었다. 이제는 포위망을 뚫을 처지가 못 되었다. 관군들도 봉기군이 굶어 죽기만을 기다리는 듯이 전처럼 자주성을 공격하지 않았다. 허기에 지친 성안 사람들은 산의 소나무 껍질까지 죄다 벗겨 먹었으며 갓 돋은 나물을 흔적 없이 뽑아 먹었다. 홍경래도 수수에다 보리를 넣은 죽으로 끼니를 이었다.

남아 있는 성안 사람들은 모두 4천 명이 넘었다. 그중 군사가 2천 조금 넘었고 나머지는 원래 정주성에 살던 이, 다른 고을에서 도망쳐 온 이들이었다. 이 중 봉기군과 관계가 있어서 성을 나가지 않은 열 살 아래의 아이들이 3백 정도였고 여자가 천 명 가까웠다. 군사가 아닌 이들도 하나같이 홍경래를 따랐다. 새로운 세상을 만든다는 홍경래를 믿고 그와 함께 죽기를 각오한 사람들이었다.

4월 17일.

"자네, 나와 다녀올 데가 있다네."

깊은 밤중이었는데 홍 총각이 천오장을 불러냈다. 오장은 영문도 모른 채 그를 따랐다. 북장대로 가는 길이었다.

"잘 들어봐, 또 굴을 파고 있어."

누각에 오른 홍 총각이 성 밖의 숲을 가리켰다. 가운데 모래성이 쌓아져 있어 온전히 바라보이지는 않지만 모래성 너머에 횃불들이 켜져 있는 듯 불빛이 숲에도 반사됐다.

"저 너머에서 공사한 지 벌써 보름이 됐지? 분명 굴을 뚫는 게야. 날짜를 봐, 벌써 이 성 밑에 들어왔겠지?"

"그러라고 하지 뭐. 땅속에서 기어 나오는 놈들을 개구리 잡듯이 잡으면 되는데 뭘 걱정이야?"

사실 관군이 굴을 파는 일은 그동안 한두 번 있었던 것이 아니었다. 그러나 굴을 뚫어 성을 무너뜨린다거나 성안으로 침입하는 것이 무모한 짓임은 모두가 알고 있었다. 그래서 봉기군은 그동안 관군의 굴 파는 공사를 가만 보고 있다가 성벽에 가까워지면 공격을 퍼부어 내쫓곤 했다. 만약을 대비해 성안에다 또 성을 쌓는 내성 공사도 부지런히 해 온 봉기군이었다.

"그게 아니야. 오늘에야 내가 생각했어. 침입용으로 굴을

뚫는 게 아니라고. 폭약이야! 굴을 파서 성 밑에 폭약을 터
트리려는 수작이라고. 그럼 이 성벽이 한순간에 다 날아
가.”

“그런 일이 가능해?”

“물론이지. 그래서 참모 어른도 오시라고 했어. 한시가
급해!”

“어떻게 하려고?”

“저놈들을 막아야지.”

때마침 우군칙이 달려왔다. 총각의 설명을 들은 군칙은
고개부터 저었다.

“이 성을 부수려면 몇 근의 폭약이 필요할까?”

“참모 어른 2천 근이면 충분합니다.”

“에끼! 3천 근으로도 안 돼. 설사 그렇다 치자. 그 많은
화약을 어떻게 성 밑에 쌓아? 굴은 얼마나 커야 하고?”

“저놈들이라면 능히 할 수 있습니다. 벌써 보름째 굴을
팠습니다.”

“쓸데없는 걱정일세.”

“참모 어른, 오늘만큼은 제 말을 들어 주십시오. 군사
100이면 됩니다. 공사장을 덮쳐 놈들을 쓸어버리고 굴을
막아야 합니다.”

"말도 안 되는 소리! 이 밤중에 군사를 낸다고? 떼죽음시키려고 작정을 했단 말인가. 출병은 안 돼! 영 미심쩍으면 내일 정탐병을 내보내든가 해."

군칙이 총각을 쏘아보곤 군막으로 돌아갔다.

"놈들한테 죽기 전에 내가 저자부터 죽여야 되겠어."

노여움에 찬 총각의 음성이 떨렸다. 오장이 얼른 그의 입을 틀어막았다.

어둠이 채 가시지 않은 이른 시각이었다. 잠자리에 있던 성안 주민들, 봉기군들 모두가 천지를 흔드는 폭음에 몸이 솟구쳤다가 떨어지는 충격을 받았다. 천지개벽 같은 소리였다. 깜짝 놀란 천오장이 방문을 열어젖혔다. 북장대 쪽이었다. 검은 연기가 솟구쳐 오르는 곳.

"총각의 말이 맞았어!"

신음처럼 말을 뱉었다. 아무런 생각이 없었다.

"오장아! 오장아!"

급하게 외치는 홍경래의 목소리도 들었다. 오장이 장검만 집어 들고 마루로 뛰어나갔다. 폭음 뒤에는 온 사방이 함성이었다. 동문, 서문에서도 밀물처럼 관군들이 쏟아져 들어오고 있음을 알 수 있었다. 홍경래와 김사용이 벌써 대문을 박차 나가고 있었다. 따르는 호위 군사도 없었다. 오장이 홍경래를 뒤쫓았다.

"총각은 어딨느냐? 어서 군열을 세워. 달아나지 말고 싸워야 한다!"

경래가 칼을 빼 들고 호통쳤다. 김사용이 무기령 쪽으로 말을 달려갔다. 기병 10여 기가 그를 따랐다.

"우물쭈물 말고 어서 날 좇아라. 너희가 여태 기다렸던 게 바로 오늘이잖느냐!"

김사용의 고함이 관아 거리를 쩌렁쩌렁 울렸다.

"윤후검, 너는 향교 쪽을 맡으라, 차종은 너는 십정 쪽이다! 참모는 어디 있느냐?"

경래가 이리 뛰고 저리 뛰며 길목들을 배정했다. 우군칙, 이희저의 모습은 보이지 않았다. 사방에는 도망쳐 오는 봉기 군사들뿐이었다. 무기도 버리고 신발도 잃은 자들이 남문 쪽으로 모여들었다. 홍경래가 군졸 하나를 잡아챘다.

"너희 홍 장군은 어딨느냐? 선봉장 말이다!"

"잡혔어요."

겁에 질린 군졸이 대답했다.

"성 밑에서 싸우시다가 그물을 뒤집어쓰고 말았어요."

"망할 것..."

경래가 말을 치달렸다. 회나무 거리에 이르기도 전에 관군 총수4들을 만났다. 서른이 넘어 보였다. 그들이 홍경래를 향해 총을 쏴댔다. 경래를 따르던 보졸들이 혼비백산하여 흩어졌다.

"원수님 어서!"

천오장이 경래의 말을 잡아채 옆 골목으로 끌었다.

"오장아."

문득 생각났다는 듯이 그 경황에서 홍경래가 손을 내밀었다.

"오장이 네놈한테도 내가 못 할 짓을 많이 했다. 허나 너무 원망치는 말게. 그나저나 이렇게 틈이 있을 때 우리 미리 작별 인사라도 해두자."

그의 입가가 미소가 번졌다. 오장이 경래의 손을 잡았다. 뜨거운 손이었다. 그와 함께했던 10년 세월이 빠르게 머릿속을 스쳤다. 눈물이 났다.

"나으리, 부디 극락 행차하십시오."

울먹이며 오장이 말했다. 이 인사가 영원한 작별의 인사

---

4 총수(銃手): 총을 쏘는 사람.

임은 오장도 잘 알고 있었다. 예전에 쓰던 호칭도 다시 입 밖에 냈다.

"그래, 저승에서 우리 다시 보자구나."

웃음 지은 경래가 크게 고개를 끄덕였다.

홍경래와 천오장이 남문 쪽으로 방향을 고쳤다. 남은 군사들로 남문에서 배수진을 치기로 했다. 아직 남문 하나가 닫혀 있는 형편이었다.

"죽기로 싸워라! 달아나지 마라!"

김사용, 윤후검이 군사들을 독려하고 있었다. 사방엔 시체들이 널려 있었다. 골목골목에서 관군들이 쏟아져 나왔다. 홍경래도 닥치는 대로 관군들을 뱄다. 경래를 지키며 오장 또한 덤비는 족족 처단했다. 내 편 네 편을 구분하기도 어려웠다. 남문 안 공터가 아수라장이었다.

"김 지관!"

갑자기 경래가 놀라 소리쳤다. 오장도 봤다. 말에서 떨어지는 김사용. 십정으로 빠지는 골목 어귀였다. 경래가 김사용 쪽으로 말을 몰았다. 그 순간이었다. 경래의 몸이 활처럼 뒤로 젖히는가 싶더니 이내 그의 몸이 돌덩이처럼 말에서 굴러떨어졌다. 천오장이 말을 버리고 경래에게 뛰어들었다. 관아 담 밑에 엎어진 홍경래. 가슴에서 붉은 피가 흘러나왔다.

"나으리, 정신 차리십시오. 나으리…"

오장이 그를 안아 일으켰다.

"오장아…"

홍경래가 간신히 입을 열었지만, 뒷말을 잇지 못했다.

"나으리, 죽으심 안 됩니다…"

오장이 흐느끼며 경래의 뺨에다 제 뺨을 댔다. 더듬어 경래의 손을 움켜쥐다가 번쩍, 눈앞의 섬광을 느꼈다. 이내 빛이 지워졌다.

천오장이 홍경래의 가슴 위로 엎어졌다.

"이놈도 뭐 좀 되는 놈 같아."

오장의 등을 찌른 관군 창잡이가 제 동료에게 중얼거렸다.

홍 총각은 수레의 창살 사이로 연기를 보았다. 하늘을 향해 일직선으로 솟는 검은 연기는 달천교에서도 빤히 바라보였다. 동지들의 주검을 태우고 하늘로 오르는 연기. 사흘 밤낮을 태우고도 다 못 태운 동지들의 살점이었다. 성이 함락되어 관군에 체포된 이는 모두 2,983명이었다. 그중 열 살 이하 아이 224명과 여자 842명을 뺀 1,917명 전원이 목 잘려 죽었다. 진실로 용맹스러운 동지들이 육

신은 재로 뿌리고 혼령만 연기를 타고 하늘로 오르고 있
었다.

죄수들을 실은 수레가 산모롱이를 돌아 정주성이 보이지
않을 때까지 홍 총각은 창살에서 이마를 떼지 못했다.

소설 홍경래 해설

조선시대의 역사를 시대순으로 기록하고 있는 『조선왕조실록』에는 홍경래가 세상에 태어나서는 안 될 역적으로 기록되어 있다. 그러나 홍경래는 수백 년 동안 이어온 평안도 차별과 세도정치에 의한 부정부패를 없애고 못된 관리들에 의한 백성들의 굶주림과 헐벗음을 벗어나게 해주기 위해 반란을 일으킨 인물로 백성들의 가슴 속 깊이 남아 있다. 하여 홍경래가 세상을 떠난 뒤에도 그의 이야기는 전설과 민요 등으로 계속 이어져 오고 있다. 가난한 백성들에게는 홍경래가 언젠가 다시 돌아와 자신들을 고통에서 구해 줄 특별한 인물로 새겨져 있다. 역사적으로도 '홍경래 난'은 이후 전국 각지에서 일어난 수많은 농민봉기는 물론 갑오년 동학농민전쟁에까지 커다란 영향을 주었다. 때문에 홍경래는 서른세 살의 짧은 생애를 살았지만, 조선의 역사를 바꾼 인물로 기록될 수 있다.

홍경래는 1771년(영조 47년), 양반 집안의 4형제 중 셋째로 평안남도 용강에서 태어났다. 어려서부터 외숙부인 유학권한테서 글을 배웠는데 하나를 배우면 둘을 익힐 정도로 머리가 좋고 부지런했던 것으로 알려져 있다. 그는 사서삼경 같은 경전만 읽지 않고 역사, 군사, 풍수지리, 의학 등 여러 방면에 관심을 두고 그에 관련된 책들을 깊이 있게 읽었다. 아울러 평안도의 양반 자제들 대부분이 그러하듯이 창 검술, 활쏘기, 말타기 등 무예도 열심히 익혔다.

1797년(정조 21년) 평양에서 치러진 지방 과거시험에 합격한 홍경래는 이듬해 서울에 올라가 과거시험을 쳤지만 떨어지고 만다. 하지만 당시의 과거시험은 정상적인 것이 아니었다. 권력 있는 대신들의 아들 혹은 돈 많은 양반의 아들들만 합격하는 과거였다. 과거시험을 치기 전에 이미 합격자의 이름이 돌아다니는가 하면 다른 사람이 돈을 받고 대신 시험을 쳐주는 일도 빈번하였다. 자신의 낙방보다 과거제도의 혼란에 더 실망한 홍경래는 곧바로 집으로 돌아가지 않고 전국을 떠돌아다녔다. 남의 집 무덤자리를 봐주는 풍수, 병든 이에게 약을 처방해주는 의술 등으로 먹을 것과 잠자리를 해결했다. 이러한 방랑을 통하여 홍경래는 조정의 정치가 어떻게 백성들에게 시행되고 있는가를 알았으며, 백성들의 삶이 얼마나 힘든가도 알았다.

충청도, 경상도, 강원도를 거쳐 다시 고향 황해도에 다다른 홍경래는 또 청천강을 건너 평안도 북부를 여행하게 되는데 가산 청룡사에서 운명적으로 우군칙을 만나게 되었다. 다섯 살 아래의 우군칙 또한 양반 출신이지만 서자 신분이었기에 과거시험조차 칠 수 없었다. 그도 홍경래처럼 남의 집 무덤 자리를 봐주면서 떠돌이 생활을 하고 있었다. 두 사람은 밤새우며 이야기를 나누는 가운데 자연스럽게 뜻을 같이하게 되었다. 평안도 차별뿐만 아니라 서자, 적자의 차별을 없애고 세상의 부정부패를 없애기 위해서는 서울의 임금과 조정대신들을 모두 갈아치우지 않을 수 없다는 데 의견을 같이했다. 그러기 위해서는 사람들을 모으고 군사를 키워서 서울로 쳐들어갈 수밖에 없었다. 그날부터 두 사람은 먼 장래를 보면서 뜻 맞는 사람들을 찾아 나섰다. 큰일을 위해서는 무엇보다 자금이 필요했다. 그래서 가산의 첫 번째 부자 이희저부터 제 사람으로 끌어들였으며 이 밖에도 개성상인, 의주 상인들을 여럿 포섭했다. 그 밖에도 돈을 모으기 위해 염전을 운영하고 광산을 개발하기도 하였다. 뜻이 맞으면 양반, 상민, 천민을 가리지 않았다. 세상에 불만이 많은 양반, 상민들뿐 아니라 자기의 논밭이 없어서 농사를 짓지 못하고 떠돌아다니는 농민, 세금을 못 내어 쫓기다가 산속에 숨어든 산적들, 이 광산 저 광산을 떠돌아다니는 광부들, 군인으로 끌려갔다가 도망친 부랑아들... 이 모두가 홍경래가 필요로 하는 인물이었다.

이렇게 10년 동안 꾸준히 준비한 홍경래는 1811년 마침내 거사 준비를 완료했다. 본거지는 가산 다복동이었다. 겉으로는 광산을 한다고 했지만 실제로는 군사를 모으고 단련시키는 곳이 다복동이었다. 다복동에 모여든 동지들이 2천여 명에 가까웠다. 거사일은 1812년 정월로 정했다. 그러나 많은 사람이 다복동을 오가고 물자들이 들어오다 보니 인근 관아에서 수상하게 살폈으며 몇몇 동지들이 체포당하는 일까지 생겼다. 그래서 거사일을 12월로 당길 수밖에 없었다. 봉기 직전에 평양의 대동관을 폭파해 평양부터 혼란에 빠지게 하려 했지만, 그날 비가 내리는 바람에 화약이 물에 젖어 폭파 계획이 실패로 돌아갔다. 게다가 동지 두셋이 붙잡히는 바람에 다복동 근거지마저 평안감사가 알게 되었다.

사태의 다급함을 알고 홍경래는 12월 18일 마침내 봉기를 결정했다. 스스로 평서대원수라 칭하고 출전의 격문을 선포했다. 봉기군은 남군과 북군으로 나누었다. 남군은 홍경래가 직접 지휘하여 가산, 박천, 개천, 영변을 치기로 하였으며 부원수 김사용이 이끄는 북군은 곽산, 정주, 선천, 철산으로 진격하여 의주를 함락하기로 하였다. 이후 남북군이 합세하여 청천강을 건넌 뒤 평양, 개성, 서울로 진격하는 것이 이들의 계획이었다.

봉기군의 지휘부는 다음과 같다.

성명	출생지	신분	봉기군 직책
홍경래	용강	양반(지관)	도원수
우군칙	가산	양반 서자(지관)	참모
김사용	태천	양반	부원수
홍 총각	곽산	평민(대장장이)	남군 선봉장
윤후검	봉산	평민(의원)	남군 후군장
이제초	개천	평민(씨름꾼)	북군 선봉장
이희저	가산	역졸 출신	자금 및 물품
김창시	곽산	양반(진사)	북군 참모
천오장	곽산	천민(대장장이)	호위 장수
임상옥	의주	상인	자금지원
유한순	영유	평민	서울 정탐

북군이 먼저 곽산, 정주를 점령하는 사이 남군은 가산 관아를 습격해 군수 정시를 죽이고 박천으로 진군했다. 그러나 이 무렵 전부터 있던 지휘부의 의견 다툼이 심각한 상황을 불러왔다. 김사용, 홍 총각, 이제초, 김대린 같은 무인들은 당초부터 봉기군 전군이 곧바로 청천강을 건너 안주를 치고 평양, 서울로 진격해야 한다고 주장한 반면 우군칙, 김창식 같은 참모들은 남군, 북군으로 나눠 뒤를 깨끗이 해야 한다고 고집했다. 결국 홍경래가 참모의 의견을 따르는 것을 보고 김대린은 이미 봉기가 실패했다고 생각했다. 그래서 그는 제 혼자라도 살아남겠다고 홍경래를 암살하려 마음먹었다. 밤중에 칼을 들고 홍경래의 침실에 들어갔지만 호위 군사들에게 발각되어 그 자리에서 죽임을 당했다. 여기서 홍경래도 상처를 입는 바람에 봉기군의 안주 공격은 4일간이나 늦춰졌다. 그 사이에 평안도 병마절도사 이해우가 이끄는 군사 천여 명이 안주로 들어오고 이어 서울에서 파견된 순무사 이요헌의 정예군까지 합세했다. 홍경래는 박천 송림에 진을 치고 관군과 일전을 벌이기로 결심했다. 12월 29일, 관군 천여 명이 3대로 나뉘어 얼어붙은 청천강을 건너오는 것을 보고 봉기군도 총공격을 개시했다. 전투상황은 처음 봉기군한테 유리하게 돌아갔지만 전

곽산 군수 이영식의 잠복 군에게 기습당하면서 갑자기 허물어지고 말았다.

봉기군은 정주성으로 후퇴했다. 성 밖에 살던 백성들까지 모두 홍경래를 따라 성안으로 들어왔다. 홍경래는 성을 굳게 지키면서도 희망을 버리지 않았다. 머지않아 각 지역에 숨어 있던 동지들이 폭동을 일으키고 지원군을 보내오리라 여겼던 것이다.

성을 지키는 홍경래의 군사들 대부분은 농민이나 광산, 염전 노동자들로서 제대로 군사훈련을 받은 자가 많지 않았다. 그러나 그들 또한 세상을 바꾸어 만백성을 편안하게 해주겠다는 홍경래의 약속을 믿고 홍경래를 위해 목숨을 바치겠다는 결의를 하고 있었다. 때문에 정주성이 함락되는 최후까지도 봉기군에서는 단 한 명의 도망자도 생기지 아니했다.

2천여 명에 불과한 반란군은 그 몇 배가 넘는 관군들에게 포위돼 있었지만 쉽게 진압되지 않았다. 결국 관군은 성안의 식량이 떨어지기를 기다리며 장기적인 봉쇄 작전을 폈지만 봉기군은 풀뿌리와 나무껍질을 먹으면서도 항복하지 않고 버텼다.

1812년 4월 19일, 관군은 성 밑에 굴을 파고 화약을 터

뜨려 성을 무너뜨렸다. 선두에서 저항하던 홍경래는 관군
의 총에 맞아 죽었고 생포된 봉기군사 전원이 처형당했다.
다섯 달 동안 조선 전국을 뒤흔든 홍경래의 거사는 결국 이
렇게 실패로 끝났다.

홍경래 연보

1771년(영조 47년) 01세 홍경래가 황해도 용강에서 태어나
　　　　　　　　　다.

1785년(정조 09년) 14세 황해도 중화에 사는 외숙 유학권에
　　　　　　　　　게 가서 학문을 배우다.

1793년(정조 17년) 22세 공부를 마치고 고향 용강으로 돌아
　　　　　　　　　오다.

1795년(정조 19년) 24세 김 씨네 딸 김소사와 혼인하다.

1797년(정조 21년) 26세 평양에서 치러진 지방 과거시험에
　　　　　　　　　합격하다.

1798년(정조 22년) 27세 홍경래가 서울에서 치러진 사마시
　　　　　　　　　(과거시험)에 낙방하다. 이후 고향에 돌아
　　　　　　　　　가지 않고 전국을 떠돌다. 각지에서 이름
　　　　　　　　　난 지관과 의원을 찾아다니며 풍수와 의
　　　　　　　　　술에 관한 공부를 깊게 하다.

1800년(정조 24년) 29세 정조가 죽고 세자가 왕위에 오르다.
　　　　　　　　　(순조). 대왕대비(영조계비 정순왕후 김 씨)

가 어린 임금을 대신해서 정치를 하다. 이로써 대왕대비의 친정 집안인 안동 김 씨가 최고의 권력을 차지하다.

1801년(순조 01년) 30세 홍경래가 평안도 가산 땅에 이르다. 이곳 청룡산 청룡사에서 다섯 살 아래의 서자 출신 지관 우군칙을 만나다. 뜻 맞는 우군칙과 함께 세상을 바꿀 계획을 세우다.

1802년(순조 02년) 31세 역졸 출신의 가산 부자 이희저를 찾아가 그 아버지의 묏자리를 봐주고 동지로 끌어들이다.

1803년(순조 03년) 32세 곽산 장사 홍 총각을 포섭한 뒤 선사포에 대장간을 만들어주다.

개천의 선비 김사용을 동지로 맞아들이다. 이후 김사용의 주선으로 장사 이제초를 포섭하다.

1808년(순조 08년) 37세 함경도 북청(北靑), 단천(端川)에서 민란이 발생하다.

홍경래가 우군칙과 함께 강계에 가서 포수 정시수를 만나 거사에 참여해줄 것을 부탁

하다.

1809년(순조 09년) 38세 운산 촛대봉에 있던 금점(광산)을 가
산 원수봉 아래로 옮긴 뒤 이곳을 거사
준비의 본거지로 하다. 광부로 위장한 군
사들이 이곳에 모여드는 한편 전국 각지
에서 필요한 물품을 운반해 오다.

1811년(순조 11년) 40세 황해도 곡산에서 농민들이 민란을
일으키다.

홍경래가 유한순을 시켜 서울의 요소에
조정을 비방하는 벽서를 붙이다.

홍경래의 밀령을 받은 거사 동지들이 평
양 대동관 폭파를 시도하지만, 실패로 돌
아가다.

홍경래가 예정 날짜를 앞당겨 12월 18일
가산 다복동에서 반란을 일으키다. 남군,
북군으로 나뉜 홍경래의 봉기군이 청천강
이북의 여러 고을로 진격하다. 먼저 부원
수 김사용이 거느린 북군이 곽산, 정주,
선천, 철산, 용천을 차례로 점령하였으며
도원수 홍경래가 직접 지휘하는 남군은

가산, 박천을 손아귀에 넣음.

홍경래가 자객의 습격을 받아 부상을 입다.

12월 24일. 서울의 조정은 가산에서 반란이 일어났다는 평양감사의 보고를 받고 이를 진압하기 위한 순무영 설치를 결정하다. 이요헌을 순무영을 총지휘할 양서 순무사로 임명했으며 박기풍을 순무중군으로, 서능보, 김계은을 종사관으로 하여 군사를 출동하다.

12월 28일. 홍경래의 봉기군이 박천 송림에서 청천강을 건너온 관군에 맞서 일대 전투를 벌였지만 패배하다.

봉기군이 정주성으로 물러나 재기의 기회를 노리다.

1812년(순조 12년) 41세 1월 4일. 서울서 내려온 군사와 합세한 관군이 정주성을 포위하다.

1월 6일. 김사용의 북군이 의주 접경까지 진격했지만 양책 전투에서 의주 관군에게 패하다. 선봉장 이제초가 사송야 전투에서 전사하다.

산발적으로 관군이 정주성을 공격해 왔지만 봉기군의 완강한 저항에 막혀 번번이 물러나다.

3월 20일. 홍경래가 친히 봉기군 1천2백을 거느리고 성 밖으로 나가 관군을 공격, 큰 성과를 거두다.

4월 2일. 성 안의 곡식이 거의 바닥이 남. 성문을 열고 여자와 어린아이 2백여 명을 밖으로 내보내다.

4월 19일. 관군이 성 밑에 폭약을 설치하여 성을 폭파하고 물밀 듯이 쳐들어오다. 전투를 지휘하던 홍경래가 총환을 맞고 목숨을 잃음.

정주성이 함락되어 관군에 체포된 이는 모두 2,983명임. 그중 열 살 이하 아이 224명과 여자 842명을 뺀 1,917명 전원이 처형

소설 홍경래를 전후한 한국사 연표

1771년(영조 47년)　홍경래가 황해도 용강에서 태어나다.

1772년(영조 48년)　금속활자 갑인자(甲寅字)를 더 좋게 고쳐
활자 15만 자를 만들다.(임진자).

1773년(영조 49년)　서울의 청계천 둑을 돌로 쌓기 시작하다.
총융청에서 새로운 포탄을 만들어 사격
실험을 하다.

1776년(영조 52년)　영조가 죽고, 왕세손(정조)이 왕위에 오르
다. 경모궁(景慕宮)을 다시 세우고 금원(현
재의 비원) 북쪽에 규장각을 새로 짓다.

1779년(정조　3년)　처음으로 내각검서관(內閣檢書官)을 설치
하다.

1780년(정조　4년)　조선의 문물과 제도를 기록하는 책 [문헌
비고(文獻備考)]를 고치는 일을 시작하다.
(이 책은 1796년 완성됨).
창덕궁에 측우기를 설치하고, 서운관(書
雲觀)에서 '천세력(千歲曆)'이란 달력을 만

들다.

1783년(정조 7년) 승려들이 서울의 성안으로 들어오는 것을 금하다.

이승훈(李承薰)이 중국 가는 사신을 따라 연경(현재의 북경)으로 떠나다.

1784년(정조 8년) 이승훈이 연경 남천주당에서 그라몽 신부로부터 영세를 받다. 이후 천주교 관련 책들을 가지고 조선에 돌아오다.

이벽(李檗), 권철신(權日身) 등이 이승훈으로부터 세례를 받다.

1785년(정조 9년) 서울에 처음 천주교회가 생기다. (진고개에 있는 김범우의 집).

해시계 간평일구, 혼개일구 등을 만들다.

1786년(정조 10년) 중국에서 서양서적을 들여오는 일을 금하다.

1787년(정조 11년) 프랑스 함대의 페루즈 일행이 제주도를 측량하고 울릉도에 다가오다.

1788년(정조 12년) 정부가 천주교 관련의 책들을 불태우다.

1791년(정조 15년) 충청도 진산의 윤지충이 천주교를 믿는다는 이유로 부모의 제사를 지내지 않아 처형되는 신해박해(辛亥迫害)가 일어나다.

1792년(정조 16년) 북경의 천주교 주교 구베아가 교황 비오
6세에게 조선교회 창립을 보고하다.

정약용(丁若鏞)이 기중기를 발명하다.

1794년(정조 18년) 왕명에 의해 수원성[華城]을 쌓기 시작하
다.

울릉도의 지도를 제작하고 토산물을 조사
하다. 청나라의 천주교 신부 주문모(周文
謨)가 몰래 조선에 들어와 서울로 올라오
다.(12월).

1795년(정조 19년) 천주교도 김시삼(金始三)이 청나라 신부
주문모가 조선에 몰래 들어와 포교 활동
하는 사실을 나라에 알리다.

혜경궁 홍씨(정조의 어머니, 사도세자의 부
인)가 사도세자의 죽음을 기록한 [한중록]
을 짓다.

1797년(정조 21년) 영국제독 브로우튼의 북태평양 탐험선 프
로비던스호가 부산 근처 동래 용당포에
떠밀려오다. 원자를 세자로 책봉하다. 이
세자가 나중 순조가 됨.

1798년(정조 22년) 홍경래가 서울에서 치러진 사마시(과거시험)에 낙방하다.

1800년(정조 24년) 정조가 죽고 세자가 왕위에 오르다.(순조). 대왕대비(영조계비 정순왕후)가 어린 임금을 대신해서 정치를 하다.(수렴청정).

1801년(순조 01년) 정순왕후 김 씨의 명에 따라 범죄자의 색출과 세금 징수 및 부역 동원 등을 효과적으로 하기 위해 다섯 집을 한 통으로 묶는 오가작통법을 실시하다.

서자도 과거를 볼 수 있는 서얼소통법을 시행하다,

중국인 신부 주문모 등 30여 명의 천주교 교도가 처형되는 신유교난(辛酉教難)이 일어나다. 아울러 이 사건의 앞뒤를 알리면서 서양의 도움을 청하는 황사영백서(黃嗣永帛書)사건이 이어지다. 이들 사건으로 300여 명의 교인들이 처형당하고 700여 명이 귀양 가다.

1804년(순조 04년) 대왕대비의 수렴청정이 끝나고 순조 임금이 직접 정치를 시작하다.

평양에 큰 화재가 일어나 민가 5000여 호, 관청 107개소가 불에 타다.

1805년(순조 05년) 안동 김씨의 세도정치가 시작되다.

1806년(순조 06년) 전라도 영광 등 40여 군현에 흉년이 들어 굶주린 자가 50여만 명 생기다.

1807년(순조 07년) 황해도 바닷가에 해일이 덮쳐 큰 피해를 입다.

일본 오키나와 사람 99명이 파도에 의해 제주도에 떠밀려오다.

일본 대마도의 통신사 파견 요청을 조선 정부가 거절하자 왜관(일본인 거주지)의 왜인들이 난동을 벌이다.

1808년(순조 08년) 함경도 북청(北靑), 단천(端川)에서 민란이 발생하다.

1809년(순조 09년) 함경도 함흥에서 큰불이 나다. 필리핀 루손 섬의 원주민 3명이 제주도에 떠밀려온 지 9년 만에 자기 나라로 돌아가다.

1811년(순조 11년) 황해도 곡산에서 농민들이 민란을 일으키다.

홍경래가 가산 다복동에서 반란을 일으키다.

1812년(순조 12년) 홍경래의 봉기군이 지키던 정주성이 관군에게 함락당하고 전투를 지휘하던 홍경래가 총환을 맞고 죽다.(4월 19일). 이로써 홍경래 난이 실패로 끝나다.

왕자 호(昊)가 왕세자에 책봉되다.(훗날의 익종).

1813년(순조 13년) 제주도에서 양제해 등이 민란을 일으키다.

1814년(순조 14년) 함경도 일대, 경상도 지방에 대홍수가 발생하다.

1815년(순조 15년) 경상도 함안 등지에 대홍수가 일어나다.

1816년(순조 16년) 영국 군함 알세스토호와 리라호가 충청도 마량진에 들어오다. 이로 인해 서양 해도(海圖)에서 한반도 서해안의 지형이 분명하게 그려지다.

서울과 경상도 일대가 홍수로 피해를 입다.

1817년(순조 17년) 충청, 전라, 경상도에 대홍수가 발생하다.

추사 김정희(金正喜)가 신라 진흥왕의 북한산순수비 발견하고 68자의 비문을 읽어내다.

해인사에 큰불이 나다.

1818년(순조 18년) 정약용이 귀양지인 전라도 강진에서 [목민심서(牧民心書)]를 완성하다.

1819년(순조 19년) 전국적으로 호구와 인구 조사를 실시하다. 그 결과 전국의 집은 1,533,515호이며 인구는 6,512,349명이었다.

1821년(순조 21년) 평양 지방에 괴질이 유행하여 10여만 명이 죽다.

1827년(순조 27년) 왕세자(익종)가 임금을 대신해 정치하다. 서울에서 야간통행금지가 실시되다.

1832년(순조 32년) 영국 상선 로드 애머스트호가 황해도 몽금포 앞바다에 나타나 외교 사상 처음으로 통상을 요구하다. 순조가 죽고 왕세손(현종)이 즉위하다. 대왕대비(순조의 비, 순원왕후 김씨)가 수렴청정을 하다.